문장
교실

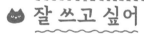 글쓰기는 귀찮지만
잘 쓰고 싶어

문장 교실

NO.

한		문	장	도		못		쓰	다	가
소	설	까	지		쓰	게		된		
이	상	한		글	쓰	기		수	업	

하야미네 가오루 지음 | 김윤경 옮김

윌북

OPENING 문장력은 스노볼처럼

내가 이 기묘한 고양이와 처음 만난 것은 중학교 2학년이 되던 봄방학이었다. 친구 집에 다녀오는 길에 지름길로 가려고 평소와 다른 골목으로 막 접어드는 참이었다. 날씨가 따뜻해졌다고는 하지만 아직은 비가 내리면 등줄기가 으슬으슬할 정도로 추웠다.

비닐우산에 톡톡 떨어지는 빗소리를 들으며 걷는데 커다란 은행나무 아래에 낡은 걸레 뭉치가 떨어져 있는 게 보였다.

'쓰레기를 이렇게 함부로 버리다니!'

주워서 휴지통에 버리려고 낡은 걸레가 있는 쪽으로 가까이 다가갔다.

그때 "골골골골골골⋯⋯" 하고 땅이 울리는 듯한 소리가 들려왔다.

'뭐지?'

낡은 걸레 뭉치에서 들려오는 소리 같았다.

아니, 바로 옆까지 가고서야 알았다. 그것은 낡은 걸레가 아니라 새까만 고양이였다.

고양이가 비를 피해 큰 은행나무 아래에 앉아서 기분 좋은 듯이 코를 골고 있었다.

"골골골골골골······."

배뿐만 아니라 온몸이 토실토실하다. 털에 윤기도 흐른다.

아무래도 잔뜩 먹고 배부른 채로 자고 있는 모양이다.

"고양이는 팔자 편해 좋겠네."

고양이 곁에 쭈그리고 앉아 중얼거렸다.

"나는 이게 뭐람! 봄방학인데 친구 집에서 공부나 하고. 너무 서글퍼."

"골골골골골골······."

실제로 대답할 리는 없겠지만, 순간 코 고는 소리가 커졌다.

"글쓰기가 제일 골치 아파. '중학교 2학년이 된 포부'를 쓰라니······."

"골골골골골골······."

고양이에게 하소연해 봐야 소용없지 싶어 그 자리를 떠나려고 했다.

그때 고양이의 귀가 꼼틀 움직였다.

"기다려 보게, 친구!"

낡은 걸레······ 가 아니라 고양이가 말을 걸었다.

몇 초 동안 아무 말도 못한 채 가만히 서 있었다. 고양이가 말을 하다니!

나는 고양이에게 물었다.

"지금······ 말한 거 맞지?"

놀란 내게 고양이가 건방진 말투로 말했다.

"내가 지적하려는 건 그런 사소한 일이 아니야. 지금 자네 행동에 문제가 있어."

아니, 내 행동보다는 고양이가 말을 한다는 게 문제 같은데…….

고양이는 나를 무시하고 말을 이었다.

"가여운 고양이가 빗속에서 곤경에 처한 걸 보고도 자네는 그냥 지나치려 했어. 이건 문제가 있네. 따뜻한 피가 흐르는 인간이라면 나를 가엾이 여기고 집으로 데려가 음식과 담요를 내주어야 하는 게 아닌가?"

고양이가 나를 향해 앞발을 내밀었다. 영화에서 형사가 범인을 지목하듯 발가락으로 날 가리키려 한 것 같지만, 발가락이 짧아 어림도 없다.

"문제점을 이해했나?"

거만하게 말하는 고양이에게 한마디 해 주었다.

"네 말은 틀렸어. 우선, 너는 '빗속'이 아니라 비가 떨어지지 않는 은행나무 밑에 있지. 게다가 '가엾다' '곤경에 처했다'고 하는데 넌 배불리 먹고 낮잠 자는 것으로밖에 안 보이거든? 그런 고양이에게 음식과 담요를 내줄 필요는 없어."

"……."

고양이는 가만히 입을 다물었다. 하지만 눈은 다음 작전을 짜는 것처럼 반짝였다.

나는 가장 궁금한 점을 물었다.

"넌 어떻게 고양이 주제에 말을 하는 거냐?"

고양이는 하찮은 것 좀 묻지 말라는 듯이 나를 보고 한숨을 푹 내쉬었다.

"나는 10만 번 정도 살았거든. 그러니 인간의 언어를 할 줄 안다고 해서 이상할 건 없지."

'……진짜 이상하거든?'

고양이는 내 표정을 보고 풋 웃었다.

"내가 살아 온 이야기를 들려주지. 그러면 자네의 의문도 풀릴 거야."

정말이지 흥미로운 이야기다.

하지만 나는 바쁘다.

"오래 걸려?"

"10만 번을 살아 왔으니 당연하지. 전부 이야기하는 데 15,498시간 정도 걸릴 거야."

나는 떨어진 막대기를 주워 땅에 '15498÷24'라고 쓰고 계산을 했다.

답은 '645.75'다. 고양이의 인생 이야기를 듣는 데 645일하고도 18시간이 걸린다는 말이다.

"3분 이내에 끝내."

고양이는 다시 한숨을 쉬더니 이야기를 시작했다.

고양이가 말한 내용을 간단하게 정리하면 이렇다.

- 고양이의 이름은 '스노볼.'
- 지금까지 여러 집사와 살았다.
- 이름은 약 120여 년 전에 함께 살던 집사가 지어 주었다.
- 얼마 전까지 동화 작가의 집에 살았다.
- 밥이 맛없어서 집을 나왔다.

"나는 빗속을 정처 없이 떠돌아다녔지. 앞으로 어떻게 해야 좋을지 모르는 불안감! 오랫동안 쉬지 않고 걸어서 몰려오는 피로감! 하지만 이 불쌍한 고양이에게 아무도 구원의 손길을 내밀지 않았어. 마침내 기력이 다한 나는……."

"됐어. 거기까지! 3분 됐으니까 그만!"

나는 고양이 스노볼의 이야기를 멈췄다.

"거짓말로 지어낸 이야기를 들어줄 정도로 한가하지 않아."

"어디가 거짓말이라는 거야?"

"아까도 말했지만 너는 가출한 가여운 고양이 느낌이 전혀 아니야. 아무리 봐도 배불리 먹고 늘어지게 낮잠이나 자는 팔자 편한 고양이지."

돌아가려는 내게 스노볼이 당황해서 말했다.

"잠깐만! 그래, 내가 거짓말을 좀 섞었다는 건 인정하지. 작가 집에서 살았던 탓인지 이야기를 재미있게 하려고 부풀리는 버릇이 생겼어."

"……."

"나는 사실 은하 끝에서 왔어. 나랑 인연을 맺은 사람은 모두 행복해진다는 행운의……."

나는 손을 뻗어 스노볼의 말을 막았다.

"미안하지만 나 바쁘거든? 집에 가서 할 일이 있어. 더 이상 너를 상대해 줄 여유가 없다고. 그럼 이만. 다시 만날 일도 없겠지만, 잘 지내라."

스노볼에게서 등을 돌린 바로 그 순간,

"글쓰기, 도와줄까?" 하는 말에 발걸음이 딱 멈췄다.

뒤돌아보니 스노볼이 눈을 초승달처럼 가느다랗게 뜬 채 나를 보고 있었다.

"글쓰기가 잘 안 돼서 힘들지? 내가 도와줄 수도 있는데."

"고양이가 글을 쓸 수 있다고?"

평소 같으면 무시하고 돌아갔겠지만 글쓰기라는 말에 솔깃해서 그냥 지나칠 수가 없었다.

"아까 말했는데 그새 잊었나? 난 작가 집에서 살았다니까."

스노볼이 우쭐대며 말했다.

"얼마 전까지 있던 곳은 동화 작가의 집이야. 너한테만 특별히 말해 주는 건데……."

대단한 비밀이라도 알려 주려는 듯 나를 발짓으로 불렀다.

"그 사람에게 조언을 해서 작가로 데뷔시킨 게 바로 나야."

놀랄 만한 이야기다.

"정말?"

"난 거짓말은 안 해."

……뭐야, 방금 전까지 거짓말을 잔뜩 늘어놨잖아.

"따뜻한 음식과 담요를 주면 글쓰기를 도와주지."

꽤나 거만한 말투다.

"글자를 읽을 줄이나 아는 거냐?"

"당연한 말씀."

거짓말 같은 대답이 돌아왔다.

도저히 믿기 어려워 나무 막대기를 주워 땅에 '고다람'이라고 썼다.

"내 이름이야. 읽어 봐."

"흠, 의심이 많군. 앞으로도 이러면 곤란한데."

스노볼이 히쭉 웃었다.

"고다람 맞지? 잘 부탁해!"

스노볼이 앞발을 내밀었다. 이 동작은 뭐지? 강아지는 "손!"이라고 하면 앞발을 반려인 손에 척 올리긴 하지만, 고양이도 그런 걸 하나?

어리둥절해하는 내게 스노볼이 말했다.

"악수다. 악수 몰라?"

"……."

나는 얼떨결에 스노볼과 악수를 했다.

한 시간 전만 해도 말하는 고양이와 악수를 할 거라고는 꿈에도 생각하지 못했다.

스노볼을 집에 데려가자 엄마를 비롯한 가족이 무척 반갑게
맞아 주었다. 희한하게도 스노볼은 다른 가족 앞에서는 말하지
않고 보통 고양이처럼 행동했다.

그날 저녁, 우리는 방에 들어앉아 '중학교 2학년이 된 포부'를
두 시간 동안 써 내려갔다. 마치 마법 같았다.

이렇게 해서 스노볼은 지금도 우리 집에 함께 있다.

목차

제3장　누구라도 소설 한 편을 쓸 수 있는 방법

등장인물 소개

다람

고다람. 중학교 2학년. 글쓰기 시간이 되면
연필이 딱 멈추지만, 작가가 되고 싶은 꿈이 있다.

스노볼

10만 번 정도 산 고양이.
작가 집에서 산 적이 있어 글쓰기가 특기다.
그 작가가 세상을 떠난 뒤로는 방랑길에 올라
길고양이가 되기도 하고 집고양이가 되기도 하며 지냈다.
최근 동화 작가 집에서 가출해 다람이네 집에 오게 되었다.
통통한 몸 때문에 다이어트의 필요성을 느끼고 있다.

선우   정아

다람이네 반 친구들

다람의 단짝 친구 선우와 선우가 짝사
랑하는 정아. 과연 두 사람은 앞으로
어떻게 될까?

1

무엇을 써야 할지
모르겠다는 고민을
한순간에 해결하는
방법

글쓰기 숙제 극복 편 ❶

글의 첫머리는 두 종류 중에서
하나를 선택하면 된다

새하얀 원고지가 내 앞에 놓여 있다. 손에는 샤프펜슬이, 옆에는 지우개가 있다.

샤프펜슬에는 0.5밀리미터짜리 심이 들어 있고, 원고지도 충분히 사 두었다.

하지만 손이 전혀 움직이지 않는다. 왜일까?

답은 간단하다. 당최 무엇을 써야 좋을지 모르겠다.

한숨이 솜사탕처럼 눈에 보이는 것이라면 내 방은 몽글몽글한 한숨으로 가득 채워졌겠지.

"골골골골골……."

발밑에서 요상하게 코 고는 소리가 난다. 검은 고양이 스노볼이 몸을 동그랗게 만 채 졸고 있다.

"일어나, 스노볼!"

나는 두 발로 스노볼을 흔들었다. 마지못해 일어난 스노볼이 불만 가득 찬 눈으로 나를 바라본다.

"글쓰기 숙제가 있는데 도저히 못 쓰겠어. 도와줘."

스노볼은 입이 찢어져라 하품을 하면서 말했다.

"못 쓰겠으면 안 쓰면 되잖아!"

"그럴 수가 없으니 하는 말이지."

🐱 인간 사회란 묘하군. 못 쓰겠다는 사람에게 쓰라고 하는 건 무리한 요구 아냐?

😺 그야 그렇지만…….

🐱 무리하면 건강에 안 좋아. 그러니까 같이 낮잠이나 자자고.

😺 그럴 수가 없다니까. 어떻게든 글을 써야 해.

인간은 고양이와 달리 글을 쓸 일이 많다.

작문 숙제나 일기, 편지(이메일, SNS 등), 논문, 리포트, 제안서 등 다양하다.

쓰기 싫다고 계속 글쓰기를 피할 수는 없다.

하지만 그만큼, 글을 잘 쓰면 좋은 점이 무척 많다!

글을 잘 쓰면 논리적으로 생각할 수 있고, 자신의 감정을 정확히 전달할 수 있다.

무엇보다 글을 못 쓰겠다고 고민하지 않아도 된다.

🐱 너도 나중에 대학교 입학시험을 치를 건가?

😺 아마도…….

🐱 지원하는 학교에 따라 다르겠지만, 논술 시험을 봐야 하는 곳도 있어. 쓰기 싫다고 안 썼다가는 당장 불합격이지.

😺 …….

🐱 대학생이 되면 리포트를 낼 일도 산더미처럼 많아. 게다가 졸업 논문을 쓰지 않으면 졸업도 못 하지.

살다 보면 꼭 써야만 하는 글도 있다.

🐱 도대체 글쓰기가 왜 어렵다는 거야?

😊 그러고 보니…… 글쓰기가 왜 어려운 걸까?

🐱 이유가 있겠지. 그 이유를 종이에 적어 봐.

😊 음, 그러니까…….

무엇을 써야 할지 모르겠다.
귀찮다.
글을 잘 못 쓴다.

🐱 문제없어. 그런 이유라면 쉽게 해결할 수 있지.

😊 정말이야?

🐱 무엇을 써야 할지 모르겠다니, 우선 첫 문장 쓰는 법을 알려
주지.

크게 나누면, 글쓰기에는 두 종류가 있다.

• 중학생이 된 소감이나 책을 읽은 느낌 등 감상을 적는 글

• 현장 학습이나 운동회 등 있었던 일을 적는 글

🐱 감상을 적는 글쓰기에서는 주제에 관한 생각이나 느낌을 먼저 쓰면 돼. 〈중학교 2학년이 된 포부〉라는 글의 첫머리, 내가 알려 준 거 기억해?

😊 포부가 없으니까 솔직하게 '중학교 2학년이 되었다고 특별한 포부는 없습니다' 이렇게 쓰라고 가르쳐 줬지.

🐱 그렇지! 하지만 그렇게만 쓰면 혼날지도 모르니까, 그 뒤에 '이제는 변하고 싶다' '공부나 동아리 활동으로 목표를 찾고 싶다' '졸업할 때는 달라질 수 있도록 2년 동안 노력하겠다' 같은 식으로 내용을 펼쳐나가면 돼.

😊 독서 감상문은?

🐱 그것도 처음에 느낀 감상을 쓰는 거야. 재미있었다면 '재미있었다', 시시했다면 '재미없었다'라고 쓴 뒤 그 이유를 밝히는 거지. 책이 재미없었더라도 '이런 이야기였다면 더 재미있었을 텐데'라든지 '나라면 이렇게 쓰겠다'라고 써 내려가면 개성이 돋보이는 독서 감상문이 될 거야.

감상을 쓰는 글에서는 첫머리에 솔직한 느낌을 적기만 해도 된다. 그러고 나서 이유를 설명하자.

😊 하지만 말이야, 솔직하게 적으면 야단맞겠지?

🐱 사실은 야단치는 사람이 이상한 거지.

😊 현장 학습에 관한 글쓰기는?

🐱 그건 더 쉬워. 첫머리에 '현장 학습을 갔다' 하고 사실을 적으면 돼. 그다음에는 일어난 일을 계속해서 쓰면 되는 거야.

일어난 일을 쓰는 글쓰기에서는 첫머리에 사실을 그대로 쓰기만 하면 된다. 그러고 나서 있었던 일을 순서대로 쓴다.

😊 하지만 그런 글은 너무 재미없던걸. 선생님께 보여 드려도 느낀 점을 더 써 보라며 지적하시지 않을까?
🐱 그런 식으로 '잘 써야 해, 칭찬받을 수 있는 글을 써야지' 생각하니까 글쓰기가 힘든 거야. 중요한 건, 우선 쓰는 거라고!
😊 …….
🐱 글을 잘 쓰는 비법은 차차 가르쳐 줄게.

여러분이 쓰려는 글은 어느 쪽?

글쓰기 주제에 따라 첫머리를 어떻게 쓸지 정하자.

감상을 적는 글

중학생이 된 포부   독서 감상   미래의 꿈

우선 솔직한 느낌을 적는다.
예를 들어 〈중학생이 된 포부〉라면……

중학생이 되었다고 특별한 포부는 없습니다.

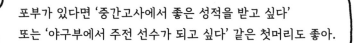

포부가 있다면 '중간고사에서 좋은 성적을 받고 싶다'
또는 '야구부에서 주전 선수가 되고 싶다' 같은 첫머리도 좋아.

왜 그런 마음이 들었는지 이유를 설명한다.

- 이제는 변하고 싶다.
- 공부나 동아리 활동으로 목표를 찾고 싶다.
- 졸업할 때는 달라질 수 있도록 2년간 열심히 노력하겠다.

있었던 일을 적는 글

행사 | 관찰 일기 | 리포트 | 학교생활에서 노력한 일

첫머리만 정해지면
다 쓴 거나 다름없어.

우선 사실을 적는다.
예를 들어 〈현장 학습에 대한 감상〉이라면…….

> 어제 현장 학습을 갔다.

일어난 일을 순서대로 써 내려간다.

> 학교에 모였다. 선생님이 아픈 학생은 없는지 확인했다. 선생님에게
> 주의 사항을 듣고 출발했다. 목적지인 공원까지 느릿느릿 걸어갔다.

글의 첫머리에 개성을 드러내고 싶다면……

대사로 시작한다.

> "어젯밤에 잠을 제대로 못 잤어."
> 현장 학습 가는 길에 친구 선우가 말했다.

경치나 광경부터 쓰기 시작한다.

> 구름 한 점 없이 맑고 푸른 하늘 아래, 전교생 200명이 교정을 가
> 득 메웠다.

제목과는 반대의 내용을 적는다.

> 〈중학생이 된 포부〉
> 중학생이 되었지만 포부는 없다.

이제 나도
쓸 수 있을 것 같아.

글쓰기 숙제 극복 편 ❷

귀찮다는 것은
재능이 있다는 증거!

스노볼이 알려 준 대로 첫 줄에 '어제 현장 학습을 갔다'라고 썼다. 그러고 나서 있었던 일을 순서대로 쓰려고 하는데, 손이 더 이상 움직이지 않았다.

"왜 그래?"

책상 위로 기어 올라온 스노볼이 내 손끝을 바라보며 물었다. 운동 부족으로 다이어트가 필요한 스노볼에게는 책상 위에 올라오는 것도 여간 버거운 일이 아니다.

나는 두 손을 뒤통수에 대고 깍지를 낀 채 말했다.

"있었던 일이라……. 학교에 모여서 건강 상태를 점검하고 선생님께 주의 사항을 듣고 난 뒤 출발했지. 느릿느릿 걸어서……. 이런 걸 순서대로 써야 한다고 생각하니까 귀찮아서 말이지."

스노볼이 내 어깨에 앞발을 툭 올려놓더니 오동통한 발바닥을 들어 보였다. 발톱 두 개가 길쭉하게 나온 것으로 보아 '브이' 사인을 하는 모양이다.

"굉장해! 그렇게 귀찮다고 여기는 건 굉장한 재능이야!"

재능이라고?

날 놀리나 싶어 쳐다봤더니 스노볼의 눈이 반짝반짝 빛나고 있다. 아무래도 진심으로 칭찬하는 모양이다.

🐱 넌 방금 네 가지 일을 말했어. '학교에서 집합' '건강 상태 점검' '선생님의 주의 사항' '느릿느릿 걷다'. 이 중에서 딱 하나만 써야 한다면 뭘 쓸래?

😊 느릿느릿 걸은 일을 쓰겠어.

🐱 왜?

😊 그게 말이지. 학교에 가도 수업 시간 중에는 친구들과 떠들 수가 없잖아. 하지만 현장 학습 날에는 걸어가면서 얼마든지 잡담을 나눌 수 있거든. 그거야말로 현장 학습의 묘미지.

🐱 오호, 드디어 쓰고 싶은 이야기를 찾았네. 이것도 네가 '귀찮다'라고 생각했기 때문이야.

😊 그래?

🐱 종이에 글씨를 쓰는 건 당연히 귀찮은 작업이거든. 귀찮으니까 길게 쓰고 싶지 않지. 그래서 길게 늘어지는 글이 아니라 짧은 글을 쓰게 되는 거야. 내용도 마찬가지야. 필요 없는 부분을 안 쓰니까 간결하게 정리하면서 쓰지. 이게 재능이 아니고 뭐겠어?

귀찮다고 느끼는 건 재능!
귀찮으니까 간결한 글을 쓸 수 있다.

😊 그런데 말이야. 트위터에는 무슨 말이든 쓰기가 쉬운데 막상 원고지를 펼치면 왜 문장이 좀처럼 떠오르지 않을까?

🐱 트위터에는 어떤 식으로 쓰는데?

 다람 @go_daramG
현장 학습 가는 중ㅋㅋㅋ 선우 얘기 진짜 웃겨ㅋㅋㅋ

💬 2　　　🔁 1　　　🤍 16

😊 이런 식이지.

🐱 선우가 누구야?

😊 내 친구. 계속 심야 라디오 얘기를 하지 뭐야.

🐱 그럼 이렇게 써 보면 어때?

친구 선우와 이야기를 하면서 걸어갔다.

선우는 내가 모르는 심야 라디오 이야기를 들려주었다. 재미있어서

나도 한번 들어 보고 싶었다.

🐱 네가 글쓰기를 어려워하는 세 번째 이유인 '글을 잘 못 쓴다'

는 정말 쉽게 해결할 수 있어.

😊 말도 안 돼. 그렇게 쉽게 글을 잘 쓰게 된다고?

🐱 아니지, 아니야. 애초에 글은 잘 못 쓰는 게 당연한 거야. 전

문 작가라도 글을 잘 쓰는 사람은 많지 않거든. 하물며 넌 중학

생이야. 글을 매끄럽게 잘 쓰지 못하는 게 당연하지.

😊 ……

🐱 다시 말해, 글을 갑자기 잘 쓰려고 하는 건 프로 야구 투수를 상대로 홈런을 치겠다는 거나 마찬가지야.

😊 그렇지. 분명히 그건 무리야.

🐱 넌 글을 쓰기 전부터 '잘 써야지'라든가 '이상한 문장을 써서 놀림받지 않을까' 하면서 이것저것 신경을 너무 많이 쓰는 것 같아.

😊 글을 못 써도 괜찮다는 거지?

🐱 그건 아니야. 못 써도 괜찮은 게 아니라 '잘 못 쓰더라도 읽기 쉬운 글을 쓰자'고 생각하면 돼.

글을 갑자기 잘 쓰기는 어렵다.
일단은 읽기 쉬운 글을 쓰려고 노력하자.

😊 읽기 쉬운 글이란 어떤 글이야?

🐱 조금 있다가 알려 줄게.

🐱 자, 글쓰기를 어려워하는 이유는 모두 해결했어. 이제 자신감을 가지고 현장 학습에 관한 글쓰기를 해 보자. 지금부터 본격적으로 글 쓰는 훈련을 할 거야.

글을 못 쓰겠다는 것은 고정관념.
못 쓰겠다는 최면을 걸어서는 안 된다.

글은 누구나 쓸 수 있다.

무엇을 써야 좋을지 모르겠다며 스스로 답 없는 문제를 내고는, 답을 찾지 못해서 못 쓰겠다고 핑계를 대고 있을 뿐이다.

그러면 정말로 쓸 수가 없다.

일단 단순하게 생각하고 글을 쓸 실마리를 찾아보자.

🐱 그래서, 언제까지 써야 하는데?

😀 내일 제출해야 돼.

🐱 시간이 얼마 없잖아?

😀 일주일 전에 받은 숙제인데 좀처럼 쓸 마음이 안 나서.

🐱 그렇게나 시간이 많았는데 왜 안 썼던 거야?

😀 너랑 달리 난 이런저런 할 일이 많다고. 노래방에도 가야 하고, 읽고 싶은 만화책도 잔뜩 쌓여 있단 말이야.

🐱 핑계투성이인 너에게 '자업자득'이란 말을 가르쳐 주지.

마감일은 의외로 빨리 다가온다.

무엇을 쓸지 결정하면 글쓰기는 이미 끝난 거나 마찬가지!

읽기 쉬운 문장으로 쓰자!

무엇을 쓸지 결정하자

있었던 일이나 그 일을 쓰려는 이유 중에서 한 가지만 선택한다.

어떻게 써야 할지 모르겠다면,
트위터에 올린다면 어떻게 쓸지 떠올려 보자.

 다람 @go_daramG
현장 학습 가는 중ㅋㅋㅋ 선우 얘기 진짜 웃겨ㅋㅋㅋㅋ

💬 2　　🔁 1　　♡ 16

그 자리에 없었던 사람도 이해할 수 있게
단어를 바꾸거나 덧붙여 보자.

현장 학습 가는 중ㅋㅋㅋ ➡ 목적지까지 이야기하며 걸어갔다

선우 ➡ 친구 선우

얘기 ➡ 심야 라디오에 관한 이야기

엄청 웃겨 ➡ 재미있다

이렇게 하면 어떤 일이
네 마음에 남아 있는지
알 수 있지.

글자 수가 부족하다면

사실이나 있었던 일을 덧붙인다.

> • 어떤 라디오 방송인가
> • 선우가 어떤 모습으로 걸어갔는가
> • 얼마 만에 목적지에 도착했는가

어떻게 느꼈는지 감상을 덧붙인다.

> • 라디오 방송의 어떤 점이 재미있었는가
> • 선우와 이야기하면서 걸을 때 무엇을 느꼈는가
> • 목적지에 도착했을 때 어떤 생각이 들었는가

트레이닝 편 **①**

문장력 향상의
기본은 독서!

스노볼이 운동복으로 갈아입으라고 한다.

"왜 옷을 갈아입어야 해?"

"글을 쓸 수 있게 지금부터 훈련을 할 거야. 그러니 당연히 운동복으로 갈아입어야겠지?"

……이해할 수가 없다.

"다 입었으면 출발하자."

"어디로 가는데?"

"따라와 보면 알아."

스노볼이 내 방 창문을 넘어 밖으로 나갔다. 옆집 지붕 위를 도도도 걸어간다.

통통한 몸매치고는 발걸음이 가볍다.

"스노볼, 기다려!"

당황한 나는 얼른 신발을 신고 스노볼의 뒤를 쫓아갔다.

지붕 위에서 나무를 타고 땅으로 내려온 스노볼은 곧바로 좁은 골목으로 빠져나갔다. 고양이에게는 식은 죽 먹기일지도 모르지만 내가 따라가기에는 힘든 길이었다.

"대체 어디 가는 거야……?"

기진맥진해진 나는 스노볼을 간신히 따라잡았다.

"여기야."

스노볼이 멈춰 선 곳은 도서관 앞이었다.

😀 도서관은 왜?

🐱 도서관에는 뭐가 있지?

😀 당연히 책이 있지.

🐱 책에는 뭐가 쓰여 있어?

😀 글…… 이겠지?

🐱 맞아. 글을 쓰려면 책을 많이 읽는 게 중요해. 책을 많이 읽으면 그것만으로도 글을 쓸 수 있거든.

독서는 문장을 쓰기 위한 기본.
책을 많이 읽을수록 자신 안에 글이 쌓인다.
그렇게 쌓인 글이 문장을 쓸 때 연료가 된다.

🐱 넌 슬플 때의 감정을 어떤 식으로 써?

😀 슬프다……?

🐱 기쁠 때는?

😀 기쁘다.

🐱 서쪽으로 해가 질 때 거리는 어떻게 보여?

😀 …….

🐱 굉장히 추운 겨울날 아침에 뺨에 닿는 공기는 어떤 느낌이지?

😀 …….

🐱 갑자기 질문을 받으면 말로 잘 안 나오지? 하지만 책에서

그런 장면을 여러 번 읽었다면 자신의 언어로 설명할 수 있어. 그래서 책을 많이 읽으면 좋은 거야.

😊 무슨 말인지 알 것 같아.

그림을 그리려면 그림을 많이 봐야 하고,
곡을 만들려면 음악을 많이 들어야 한다.
마찬가지로 글을 쓰려면 책을 많이 읽어야 한다.
어떻게 써야 할지 갈피를 잡기 힘들 때는, 그때까지 읽은 책들이 도움이 된다.

🐱 예전에 내 집사였던 동화 작가는 어릴 때부터 책을 많이 읽었대. 그것도 넘쳐날 정도로 많은 책을. 그래서 작가가 될 수 있었지.

😊 재능이 있었던 거 아니고?

🐱 아니야. 그 사람은 책을 많이 읽은 덕분에 작가가 되었어.

😊 그래?

🐱 못 믿겠으면 너도 책을 읽어 봐. 그 작가보다 많은 책을 읽는 거야. 그래도 작가가 되지 못한다면 그 사람이 더 재능 있는 거겠지.

😊 …….

🐱 재능은 누구에게나 다 비슷비슷하게 있는 거야.

이를테면,

김연아 선수처럼 되고 싶어도 될 수 없을 때

'나한테는 김연아 선수 같은 재능이 없어' 하고 포기할 것인가?

김연아 선수보다 연습을 더 많이 한 뒤에 그런 말을 하자.

포기는 언제든지 할 수 있다.

😀　어릴 때부터 '책을 읽어라' '책을 읽는 건 좋은 일이야' 하는 말을 많이 들었어. 책을 읽으면 정말 좋은 일이 생겨?

🐱　당연하지. 몇 가지 꼽아 볼게.

• 독해력, 사고력, 기억력, 상상력을 키울 수 있다.

• 지식의 폭이 넓어진다.

• 정보 처리 능력, 공감 능력, 소통 능력이 좋아진다.

• 시야가 넓어진다.

• 인성을 기를 수 있다.

• 지적 능력이 향상된다.

🐱　물론 좋은 일만 있지는 않아.

• 머리로만 이해하고 행동을 안 하게 된다.

• 책이 늘어나 집이 비좁아진다.

😺 하지만 글을 잘 쓰려고, 아님 공부를 위해서만 책을 읽는 건 쓸쓸한 일이라는 사실을 꼭 기억하면 좋겠어.

😊 무슨 뜻이야?

😺 책을 읽는 일은 즐거우니까. 이게 기본이야. 독서 감상문을 쓰기 위해서나 국어 성적을 올리려는 목적으로만 책을 읽으면 독서가 당연히 싫증 나거든.

즐기기 위해서 책을 읽자.

독서가
더 즐거워지는
네 가지 방법

네 가지 사항에 주목하면 그 책이 더욱 좋아진다.

이런 점에 주목해서 책을 읽어 보자

등장인물의 행동과 대사, 마음의 변화에 주목한다.

• 왜 이런 행동을 했을까?
• 왜 그런 말을 한 거지?

가장 재미있었던 상황이나 인상적인 장면에 주목한다.

- 그 장면이 기억에 남은 이유는?
- 그 장면을 읽고 무엇을 느꼈나?

등장인물의 입장이 되어 본다.

- 나라면 어떻게 할까?
- 나라면 어떻게 느꼈을까?

작가가 어떤 사람인지 생각해 본다.

- 언제 태어나서 어디에서 살았을까?
- 어떤 경험을 했을까?

41

하루 단 200자 일기가
소설가를 만든다

오늘은 6시 반에 일어났다. 아침을 먹고 학교에 갔다. 첫 교시는 수학 시간인데 간신히 졸음을 참았다. 2교시 체육 시간에는 축구를 했다. 3교시는 영어, 4교시는 국어였다. 점심시간이 다가올 때쯤 또 졸음이 왔다. 급식은 닭튀김과 볶음밥이었다. 중학생이 먹는 식사인데 영양의 균형을 좀 더 생각해주면 좋겠다. 오후는 음악과 창체 시간이었다. 집에 돌아와서 저녁을 먹고 목욕을 한 뒤, 게임을 하다가 자기로 했다. 잠자리에 들기 전에 팔 굽혀 펴기와 윗몸 일으키기 운동을 했다.

내가 쓴 일기를 보더니 스노볼이 만족스러운 듯이 고개를 끄덕였다.

"그것 봐. 하니까 되잖아?"

솔직히 나도 좀 놀랐다.

200자를 쓴다는 게 그렇게 어려운 일은 아니구나.

그런데 왜 일기를 썼냐고? 그야…… 스노볼이 쓰라고 했기 때문이다.

😺 오늘부터 매일 일기를 쓰자.

😊 뭐라고? 난 중학생이야. 일기 같은 거 안 써도 되잖아!

초등학생 때 숙제로 일기를 쓴 사람은 많다.
선생님께 보여 주기 위한 일기라 솔직히 자유롭게 쓴 글은 아니다.
일기는 원래 아무에게도 보여 주지 않는 글이다.
자신이 쓰고 싶은 대로 써 보자.

😺 네가 쓰고 싶은 대로 써. 일기와 일지는 다르니까 그 점만 기억하면 돼.

😊 어떻게 다른데?

😺 일지는 다른 사람에게 보여 준다는 걸 전제로 쓰지. 그날 일어난 일을 개인의 감상 없이 쓰는 게 보통이야.

😊 그렇군.

😺 예전에 내 집사였던 동화 작가는 교생 실습을 나갔을 때 '실습 일지'에 급식 메뉴에 대한 감상만 적었다가 엄청 혼났댔어.

😊 혼날 만도 하네.

일기와 일지는 다르다.
일기는 무엇을 쓰든 상관없지만, 일지는 주제에서 벗어난 내용을 적으면 안 된다.

😺 그리고 한 가지 조건이 있어.

😀 아, 뭐야! 일기는 자유롭게 써도 된다며?

😺 네가 쓸 글은, 글을 잘 쓰기 위한 훈련용 일기니까 그렇지.

😀 훈련용 일기! 왠지 멋있는데.

😺 조건은 매일 200자 이상 글을 쓸 것. 그것뿐이야.

😀 200자 이상이라……. 200자 원고지 한 장 정도네. 꼭 그만큼 써야 해?

😺 응. 그래야지.

😀 쓸 게 없으면?

😺 그래도 어떻게든 써야 돼. 처음 며칠은 고생하겠지만 의외로 쉽게 쓸 수 있어.

😀 그럴까?

😺 전에 트위터라면 쓸 수 있다고 했지? 트위터에 쓸 수 있는 글자 수는 140자로 제한되어 있어. 한 번에 100글자씩 트위터에 두 번 올리면 그것만으로도 200자잖아.

😀 그렇기는 하지만…….

😺 일기라고 생각하지 말고, 하루에 두 번 트위터에 글을 올린다고 생각하면 쓰기 쉬울 거야. 해 보면 알겠지만 200자는 그렇게 많은 분량이 아니거든.

정말로 해 보면 안다.

😊 진짜 쓸 수 있을까?

🐱 그렇다고 했잖아.

😊 하지만 내 일기는 다시 읽어 봐도 재미가 없는걸. 아침에 몇 시에 일어났느니, 수업 과목 순서가 어떻다느니, 정말 시시해.

🐱 그럼 더 재미있는 내용을 써야겠지. 하지만 처음에는 무리하지 않아도 돼. 그보다 매일 쓰는 게 중요하거든.

매일 꾸준히 쓰는 것이 무척 중요하다.
그렇게 하면 글 쓰는 일이 밥을 먹거나 샤워하는 일처럼 아주 당연해진다. 또한 '일기에 쓸 만한 일이 없을까?' 하는 시각으로 주변을 살펴보게 된다. 그러면 그동안 깨닫지 못했던 사실을 깨닫기도 하고, 보이지 않았던 것이 보이기도 한다.
글이 머릿속에 저절로 떠오르게 되는 것이다.

😊 신기하네. 최근에는 무슨 일을 하든지 그 상황을 머릿속에서 문장으로 만들어 보게 돼. 수업 중에도 "선생님이 칠판에 글씨를 쓰려고 우리에게 등을 돌렸다. 그 순간 아이들이 술렁대기 시작한다. 선생님이 뒤돌아보면 뚝 그친다. 선생님은 우리를 지그시 바라보더니 다시 글씨를 쓰려고 등을 돌린다. 우리는 다시 웅성대기 시작하고 선생님이 뒤돌아보면 조용해진다. 누군가가 내 머릿속에서 '무궁화꽃이 피었습니다!'라고 외치는 것 같다" 하는 식으로 말이지.

🐱 프란츠 카프카라는 작가 알아?

😺 아직 읽어 본 적 없는데.

🐱 카프카는 체코에서 태어난 유대계 작가야. 〈변신〉이라는 세계 문학사에 영원히 남을 작품을 남겼지. 한 남자가 아침에 일어나 보니 자신이 벌레가 되어 있었다는 이야기야. 길지 않은 작품이라 중학생도 어렵지 않게 읽을 수 있을 거야.

😺 그 작가 얘기는 갑자기 왜 꺼내는데?

🐱 카프카도 일기를 아주 열심히 썼거든. 워낙 유명한 작가라 일기만 따로 묶어서 나온 책도 있어. 카프카는 20세기를 대표하는 작가인 데다 얼굴도 잘생겼어.

😺 좋아. 나도 매일 일기를 쓰겠어. 그러면 외모도 멋진 유명 작가가 될 수 있을 거야!

🐱 아니, 외모는 글쎄다……

두근
두근

'일기라면 딱 질색'인데 고칠 수 있을까?

글을 매일 꾸준히 쓰기 위한 비결이 있다.

글쓰기 실력이 좋아지는 일기의 규칙

매일 쓴다.
하루에 200자 이상 쓴다.

'일기에 쓸 만한 일이 없을까?' 하는 시각으로 주위를 둘러보면 지금까지 깨닫지 못했던 사실을 발견하거나 보이지 않던 것을 볼 수 있지.

일기에도 '있었던 일'과 '감상'을 적어 보자

글은 대부분
'있었던 일'과 자신의
'생각과 감정'으로 이루어진다.

규칙은 단 두 가지뿐!

일기를 매일 쓰는 습관을 들이려면

언제 어디에서 쓸지 정한다.
한 문장이라도 좋으니, 어쨌든 쓴다.

너무 피곤해서 못 쓰겠을 때는
'오늘은 피곤해서 쓸 수가 없다'
라고 해도 좋으니 뭐든지 꼭 쓰자.

우선, 좋아하는 책을
베껴 써 보자

스노볼이 원고지를 가져왔다. 드디어 지금까지 훈련한 내용을 활용해서 글쓰기를 할 때가 왔다.

"그래서, 뭘 쓰면 돼?"

샤프펜슬을 쥐고 의욕에 가득 차 있는 내 앞에 스노볼이 책 몇 권을 내놓았다.

순수 문학, 추리 소설, 대중 소설, 판타지 소설 등 장르도 저자도 제각각이다.

읽은 책은 하나도 없다.

"뭐야, 독서 감상문을 쓰라는 거야? 귀찮아 죽겠네."

내가 싫어하는 표정을 짓자 스노볼은 앞발을 들어 유리창을 쓱싹쓱싹 닦듯이 흔들었다. '아니야, 틀렸어' 하며 발가락을 좌우로 흔들고 싶었던 모양이지만, 발가락이 짧아서 생각처럼 되지 않았던 것이다.

"걱정하지 마."

스노볼은 히죽 웃더니 물었다.

"이 중에서 한 권만 고른다면 뭐로 할래?"

"……."

나는 약간 경계하면서 한 권을 골랐다. 글씨가 너무 빽빽하지 않아 금세 다 읽을 수 있을 것 같은 추리 소설이다.

"자, 이제 마음에 드는 부분을 펼치고 원고지에 베껴 보자."

😺 베껴 쓰는 건…… 표절이잖아?

🐱 베껴 쓴 글을 공모전에 응모하면 표절이지. 하지만 이건 글쓰기를 위한 훈련이니까 괜찮아.

😺 왜 원고지에 베껴 써야 하는데?

🐱 원고지 작성법을 알기 위해서야. 우선 원고지에 익숙해져야 하거든.

• 제목: 원고지 위에서 두 번째 줄 가운데에 쓴다.

• 소속과 이름: 제목 바로 아래 줄에 쓰거나, 한 줄을 비우고 쓰기도 한다. 오른쪽을 기준으로 두 칸을 비우고, 오른쪽 정렬이 되도록 쓴다.

• 글의 첫 문장: 이름 아래 한 줄을 비우고 쓴다. 이때 첫 칸은 비우고 둘째 칸부터 쓴다.

• 문장 부호: 한 칸에 하나씩 쓰되, 마침표와 쉼표는 반 칸을 사용한다.

• 인용문: 짧은 인용문은 큰따옴표로 표시하고, 긴 인용문은 인용문 전체를 한 칸 들여 쓴다.

• 대화문: 큰따옴표로 표시한다. 지문과 구별되도록 새로운 줄에 쓰고, 전체를 한 칸씩 들여 쓴다.

• 숫자: 한 글자로 된 숫자는 한 칸에 한 글자씩, 두 글자 이상의 숫자는 한 칸에 두 글자씩 쓴다.

🐱 더구나 원고지는 글자 수를 세기도 쉬워.

😺 그러고 보니 우리가 쓰는 원고지는 한 장에 200자를 쓸 수

있구나.

😺 논술이나 시험 문제는 글자 수가 제한되어 있을 때가 많아. 글자 수를 의식하면서 원고지에 글을 쓰다 보면, 제시된 글자 수에 맞춰 글을 쓸 수 있어. 또 원고지에 글을 쓰면 띄어쓰기와 문장 부호 사용법도 제대로 배울 수 있고, 글씨체를 교정하는 데도 아주 좋아.

원고지에 글을 베껴 써 보면 200자 분량이 어느 정도인지 쉽게 알 수 있다.

😊 그런데 말이야.

😺 뭔가 불만이 있나 보군.

😊 원고지 작성법은 소설을 베껴 쓰지 않아도 다 알잖아. 글자 수도 소설을 꼭 베껴 쓰지 않고도 차츰 알게 되는걸, 뭐.

😺 …….

😊 글을 베껴 쓰는 건 아주 귀찮거든.

😺 자, 그럼 글을 베껴 쓰는 일의 가장 큰 효과를 말해 줄게. 바로 그 작가가 쓴 글의 특징을 알 수 있다는 점이지. '작가의 습관'이라고 해도 좋아.

😊 무슨 말이야?

😺 예를 들어, 태풍에 집이 날아갈 것 같은 상황을 쓰는 데도 쓰는 사람의 특징이 나오거든. 이런 식으로 말이지.

- 태풍이다. 바람이 엄청나다. 집이 날아갈 것만 같다.
- 태풍이 왔습니다. 굉장한 바람이 불고 있습니다. 집이 날아갈 것 같습니다.
- 태풍의 거센 바람으로 집이 날아갈 것만 같다.
- 태풍의 거센 바람. 날아갈 것만 같은 집.

글에는 글쓴이의 특징이 나타난다.

문장의 마지막을 '-입니다' '-합니다'로 끝내는 사람이 있는가 하면, '-다' '-이다'로 끝내는 사람도 있다.

쉼표를 많이 찍는 사람도 있고, 전혀 찍지 않는 사람도 있다.

문장을 길게 쓰는 사람도, 짧게 쓰는 사람도 있다.

한자어를 쓰는 빈도나 행갈이를 하는 타이밍도 사람마다 다르다.

문장의 마지막을 명사로 끝내는 사람도 있고, 주어와 서술어의 위치를 바꿔서 쓰는 사람도 있다.

이처럼 글을 쓰는 방식은 다양하기에 정답은 없다.

🐱 소설을 베껴 쓰면 그 작가의 특징을 잘 알 수 있어. 그래서 여러 작가의 소설을 필사하면서 자신에게 맞는 글쓰기 방식을 배우는 거지.

🐱 그리고 커다란 효과가 또 하나 있어.
👧 뭔데?
🐱 소설가가 된 기분을 맛볼 수 있지.
👧 아니, 그런 건 별로 맛보고 싶지 않아.

책상 위에 원고지를 펼쳐 놓고 글자를 한 칸 한 칸 메운다.
기분은 이미 소설가!

원고지 작성법만 알면

한 칸 띄고
글의 종류를 적는다.

〈일기〉

무거운 짐과 함께한 자전거 등산

제목은 위에서 두 번째 줄
가운데에 쓴다.

이름은 오른쪽을 기준으
로 두 칸을 비운다.

고다람

　　등산길을 자전거로 올라가라는 말을
들었을 때, 왜 그렇게 해야 하는지 이
해할 수가 없었다.
　　하지만 달리기 시작하고서야 알았다.
급경사진 언덕길을 자전거로 오르는
일은 정말 힘들었다. 온몸을 쓰지 않으
면 앞으로 조금도 나아갈 수가 없었다.
게다가 짐받이에 앉아 있는 스노볼은
무거웠다…….

글을 처음 시작할 때는
첫 칸을 비우고 둘째 칸부터 쓴다.

줄임표는 한 칸에 가운뎃점을 세 개씩 찍는다.
마침표는 다음 칸에 찍는다.

마침표와 쉼표
물음표와 느낌표는
첫 칸에 쓰지 않는다.

평생 걱정 없다

　처음에는 주변의 나무와 하늘을 바라
볼 여유가 있었다. 하지만 얼마 못 가
더 이상 얼굴을 들고 있을 수가 없었
다.

　페달을 밟으면서 핸들을 내 쪽으로
끌어당겼다. 자전거가 삐걱거리며 기울
것만 같다.

　이런 일이 글을 잘 쓰는 데 도움이
될까?

　"기분이 어떤가?"

　"우선 네 식사량을 줄이고 싶어."

대화문은 줄을 바꿔 한 칸 띄고 큰따옴표를 사용하여 적는다.

글쓰기 소재가
'없는' 사람은 없다!
글의 소재를 '알아차리는'
요령을 모를 뿐

큰일이다.

나는 거실 텔레비전 앞에서 팔짱을 끼고 있다. 텔레비전이 나오지 않는다. 어제까지는 아무 이상이 없었는데 오늘 갑자기 안 나온다. 10분 뒤면 내가 좋아하는 애니메이션이 시작하는데.

"무슨 일 있어?"

스노볼이 태평한 목소리로 말을 걸었다. 어제는 그렇게도 재채기를 하더니 오늘은 괜찮아 보인다. 나는 스노볼에게 상황을 설명했다.

"텔레비전이 안 나와."

"안 나와도 상관없잖아? 대신 책을 읽으면 되지."

스노볼은 텔레비전을 자주 보지 않는다. 하지만 고양이 간식인 '츄르냐옹' 광고는 무척 좋아한다. 광고에 나오는 암컷 페르시아고양이를 넋을 잃고 바라보곤 한다.

"정말 괜찮아? 츄르냐옹 광고도 못 볼 텐데?"

"그건 안 되지! 너 텔레비전 고칠 줄 몰라?"

"당연히 모르지."

고개를 흔들자 스노볼이 텔레비전 받침대 뒤로 쏙 들어가더니 금세 다시 나왔다. 입에는 안테나 케이블을 물고 있다.

"화면이 안 나올 수밖에. 안테나가 빠져 있었다고."

안테나가 연결되지 않으면 텔레비전 화면이 나오지 않는다.
인간도 텔레비전과 비슷하다.

😊　아! 오늘 200자 일기는 쓸 말이 없어.

🐱　정말 없어? 내게는 지금 네가 안테나 케이블이 빠진 텔레비전으로 보이는데.

😊　무슨 말이야?

🐱　방송국이 프로그램을 방영해도, 안테나 케이블이 빠져 있으면 텔레비전이 안 나오잖아. 너도 안테나를 높게 세우지 않으니까 글쓰기 소재가 많은데도 알아차리지 못하는 거야.

안테나를 높게 세우는 것은 주변을 주의 깊게 살펴보는 일이다.
주변을 유심히 둘러보면 글쓰기 소재가 곳곳에 널려 있다.

😊　그렇구나.

🐱　글 쓸 소재가 없다면, 텔레비전이 나오지 않았던 일을 쓰면 되잖아?

😊　좋은 생각인데?

🐱　화면이 나오지 않은 원인을 찾아낸 게 바로 나라는 사실도 꼭 쓰도록!

😊　하지만 텔레비전이 켜지지 않았던 일만으로는 200자를 채울 수 없어.

🐈 아직도 안테나를 높이 세우지 않아서 그런 소리를 하는 거야. 텔레비전이 안 나올 때 어떤 기분이었지?

😺 초조했어졌어. 보고 싶은 애니메이션 시간이 다가오고 있었거든.

안테나가 낮게 설정되어 있으면 자신의 기분이 어떻게 변화했는지 깨닫지 못한다.
사실은 여러 감정을 느끼고 있었는데도 지나치게 된다.

🐈 마침내 화면이 나왔을 때는 어떤 기분이었지? 원인을 찾아낸 나한테 무척 고맙지 않았나?

😺 물론 고마웠지. 아! 너한테 선물하려고 츄르냐옹 광고를 녹화해놨어. 어디에 뒀더라?

🐈 아니, 괜찮아. 그런 건 됐으니까. 그보다 말이야, 이제 일기를 쓸 수 있겠지?

😺 응. 하지만 조금 더 쓸 말이 있으면 좋겠는데.

🐈 그럼 텔레비전에 대해 쓰면 어때? 언제쯤 샀는지, 크기며 색상은 어떤지 말이야.

😺 3년 전쯤에 샀지. 그래서 아직 고장 날 때는 안 됐는데 이상하다 싶었어. 색상은 검은색이고, 크기는 36인치. 이 정도지, 뭐.

🐈 텔레비전 받침대 주변은?

😺 마구 어질러져 있다는 거 말고는 별로 쓸 말이 없어. 그리고

청소를 안 해서 텔레비전 받침대 뒤쪽은 먼지투성이야.

🐈 그럼 이제 글 쓸 소재가 충분히 모였네. 그래도 부족한 것 같으면 마지막으로 '스노볼 님 덕분에 이제 텔레비전을 볼 수 있습니다. 스노볼 님, 고맙습니다'라고 써.

그저 눈으로만 보지 말고 대상의 여러 가지 부분을 차분히 관찰한다.
그저 귀로만 듣지 말고 이해하려고 하면서 귀를 기울인다.

😺 네 말대로 안테나를 높이고 여러 가지를 관찰하고 느끼려고 노력했어.

🐈 뭔가 깨달았나?

😺 왜 케이블이 빠져 있었을까?

🐈 ……?

😺 넌 아까 텔레비전 받침대 뒤로 들어가서 케이블을 물고 나왔지.

🐈 그게 뭐 잘못됐어?

😺 그런데 네 몸에 먼지가 묻어 있지 않았어. 왜 그랬을까?

🐈 ……?

😺 네가 텔레비전 받침대 뒤로 들어간 게 오늘이 처음이 아니었다는 뜻이야. 실은 어제도 텔레비전 뒤로 들어가 먼지투성이가 되었지. 그리고 그때 케이블을 건드리는 바람에 케이블이 빠졌던 거고. 즉, 텔레비전이 나오지 않은 건 네 탓이었어.

🐱 　무슨 근거로 그런…….

😊 　너 어제 재채기를 마구 해 댔잖아. 바로 몸에 붙은 먼지 때문 아니야?

🐱 　…….

😊 　또 다른 증거는, 텔레비전 받침대 뒤에 감춰져 있던 츄르냥 광고지야. 이런 광고에 관심을 보이는 건 너밖에 없거든!

🐱 　순순히 인정하겠습니다.

> **안테나를 높게 세우면 많은 것이 보인다.**
> **그중에서 쓰고 싶은 소재를 찾으면 된다.**
> **최악의 경우, 쓰고 싶은 내용을 찾지 못하더라도 명탐정은 될 수 있다.**

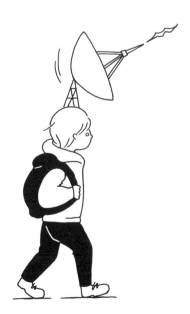

글쓰기 소재를 찾는 네 가지 비법

안테나를 높게 세우고 쓸거리를 찾자.

주변 장소나 물건의 변화를 관찰하자

새로 산 냉장고는 전에 쓰던 냉장고와
어떻게 다른가?

주변 사람의 변화를 찾아보자

엄마는 왜
앞치마를 새로 샀을까?

어느 날 있었던 일을 떠올려 보자

- 먹지 않는 날은 없다! 저녁 식사 이야기를 적는다.
- 그날 본 텔레비전 방송이나 유튜브에 관한 내용도 좋다!
- 왜 하루 종일 자기만 했는지 이유나 변명을 적는다.

내가 좋아하는 것이나 사람을 떠올려 보자

글의 소재는 내 안에 있다.

- 내가 방을 꾸밀 때 중요하게 여기는 점.
- 친한 친구 이야기나 자랑하고 싶은 반려 동물 이야기.
- 내가 좋아하는 책이나 영화가 있다면, 좋아하는 이유.

그래도 글쓰기가 어렵다면
이야기해 보는 건 어때?

나는 스노볼이 가르쳐 준 대로 매일 글쓰기 훈련을 하고 있다. 200자 일기 쓰기, 소설 베껴 쓰기, 그리고 독서. 이제 책을 읽는 데는 상당히 익숙해졌다.

"꼭 처음부터 끝까지 다 읽지 않아도 괜찮아. 조금 읽어 보고 재미가 없으면 다른 책을 읽으면 돼. 중간부터 읽어도 상관없어. 한 장이든 한 줄이든 마음에 드는 부분이 있으면 행운이지."

스노볼의 말을 듣고 마음이 편해졌다. 문제는 일기와 필사다. 주위를 유심히 살펴보는 습관을 들였더니 이제 글을 쓰는 것은 힘이 들지 않는다.

오히려 쓸거리가 너무 많아 고민일 때가 있다. 그럴 때는 샤프펜슬을 쥔 손가락이 아파서 눈물이 날 정도다. 손가락뿐만 아니라 팔에도 근육통이 생겼다.

"아휴, 팔 아파!"

나는 샤프펜슬을 내려놓고 손목을 흔들었다.

"왜 그래?"

햇볕을 쬐고 있던 스노볼이 하품을 하며 물었다.

"스노볼 님의 훈련 덕분에 저는 손이 너무 아픕니다. 그런데 스노볼 님은 속 편하게 낮잠이나 주무십니까, 네?"

🐱 뭐야, 그 빈정거리는 말투는. 고양이한테는 낮잠 자는 것도 중요한 일과거든. 그리고 넌 내 훈련 덕분에 이제 힘들이지 않고 글을 쓸 수 있게 됐잖아.

😺 그건 인정해. 하지만 머릿속에 글이 떠올라도 그걸 쓰는 게 너무 힘들어. 손이 아파서 말이지.

🐱 모차르트 같은 말을 하네.

😺 모짜…… 뭐라고?

🐱 볼프강 아마데우스 모차르트. 18세기 오스트리아의 음악가야. 모차르트는 머릿속에 악보가 전부 그려져 있어서 그걸 오선지에 베껴 쓰기만 했대. 그렇군, 너도 벌써 모차르트 수준이 된 건가!

😺 모차르트 씨가 뭘 했는지는 모르겠지만, 머릿속에 있는 글을 종이에 옮겨 쓰는 건 여간 힘든 일이 아니라고.

🐱 한숨 쉬지 마. 내가 좋은 걸 가르쳐 주지. 테헤헤헤헷!

😺 뭐야, 갑자기 도라에몽 같은 웃음소리를 내고 말이야. 그거 내 스마트폰이잖아?

🐱 '스마트폰 음성 입력 앱!'

😺 음, 스노볼! 열심히 흉내 내려고 하는 건 알겠는데, 하나도 안 똑같거든?

글을 쓸 때 종이와 연필 말고도 다른 수단이 있다.

컴퓨터나 태블릿 PC, 스마트폰 같은 디지털 기기를 사용해서 문자를

입력하는 방법이다.

🐈 키보드는 얼마나 빨리 칠 수 있지? 요즘은 PC보다 태블릿이나 스마트폰을 더 많이 사용하지만 앞으로 키보드 입력을 해야 하는 날이 더 많아질 테니 빨리 치는 연습을 하는 게 좋아. 참고로 말하자면, 예전에 내 집사였던 동화 작가는 다른 사람이 말하는 걸 들으면서 그대로 입력할 정도로 키보드 치는 속도가 빨랐거든.

😃 굉장한걸. 그럼 마감일이 되기 전에 언제나 일찌감치 원고를 완성했겠네.

🐈 아니, 자주 마감 기한을 어겨서 편집자에게 사과하더군. 왜 그런지 물어봤더니 "단순히 키보드를 치는 것과 글을 쓰는 건 달라. 더구나 편집자에게 인정받을 수 있는 글을 완성하는 건 어려운 일이지!" 하고 그럴듯한 변명을 하곤 했어.

🐈 음성 입력 방법은 앱에 따라서 다르긴 하지만, 좋은 점은 빠르고 간편하다는 거야.

😃 자판을 치지 않아도 되니까 빠를 수밖에 없잖아. 말만 하면 되니까 간편하고.

🐈 그 밖에도 좋은 점이 있는데 뭔지 알아?

😃 ……?

🐈 그건 말이지, 글을 입력하는 게 즐거워진다는 거야. 내가 말

한 문장이 굉장한 속도로 화면에 나타나니까 무척 즐거워.

😺   손도 안 아플 테고. 최고잖아!

🐱   단, 완벽하지는 않아. 행갈이라든지 구두점을 찍는 방법 등 아직 개선해야 할 점이 많거든.

😺   인공지능이 발달하면 단락까지도 척척 알아서 행갈이 해주지 않을까?

🐱   전에도 말했지만, 줄을 바꾸는 방식에도 글쓴이의 개성이 묻어나거든. 그걸 인공지능에게 맡긴다는 건…… 글쎄, 어떨까 싶어.

😺   세상이 더 발전하면 머리에 떠오른 글을 그대로 입력할 수 있게 되지 않을까?

🐱   내가 앞으로 100번 정도 더 살게 되면 그런 시대가 올지도 모르지.

😺   빨리 그렇게 되면 좋겠어.

🐱   나는 옛날 고양이라, 아무리 시대가 발달해도 원고지에 한 글자 한 글자 적는 게 좋지만 말이야.

글쓰기의 즐거움을 느끼는 것은 매우 중요하다.
펜으로 쓰기, 키보드 입력, 음성 입력 등
글을 쓰는 방법은 다양하니 즐거운 수단을 선택하자.

컴퓨터가 알아서 글을 고쳐 준다

손으로 글을 쓸 때나 스마트폰으로 입력할 때는 특히 주의해야 한다.

컴퓨터 한글이나 워드 프로그램으로 글을 쓰면 띄어쓰기나 맞춤법이 잘못됐을 때 글자 밑에 빨간 선이 생겨.

편리하군~

맞춤법에 주의하자

말하는 습관 그대로 문장으로 쓰면 틀리기 쉽다.

✕ 아기를 나았다.
○ 아기를 낳았다.
✕ 나중에 귀뜸해 줘.
○ 나중에 귀띔해 줘.

문장의 종결 어미가 뒤섞여 있지는 않은가?

문체가 통일되어 있는지 확인하자.

> ✕ 나는 중학생이다. 그래서 교복을 입고 다닙니다.
> ✕ 나는 중학생입니다. 그래서 교복을 입고 다닌다.
> ○ 나는 중학생입니다. 그래서 교복을 입고 다닙니다.
> ○ 나는 중학생이다. 그래서 교복을 입고 다닌다.

주어와 서술어의 호응에 주의하자

문장을 읽었을 때 어색하게 느껴진다면
주어와 서술어가 맞지 않아서인 경우가 많다.

주어와 서술어가 논리적으로 일치하지 않거나
모순인 상황을 주어와 서술어의 비호응이라고 한다.

> ✕ 나의 꿈은 소설가가 되고 싶습니다.
> ✕ 나의 꿈은 소설을 씁니다.
> ○ 나의 꿈은 소설가가 되는 것입니다.
> ○ 나는 소설가가 되고 싶습니다.

트레이닝 편 **❻**

난관에 부딪혔을 때는 '템플릿'에 의존하라

또다시 어려움에 부딪혔다.

눈앞에는 아무것도 쓰지 않은 분홍색 편지지가 놓여 있다.

대체 뭐라고 써야 하지…….

스노볼이 내 손끝을 뚫어져라 쳐다본다.

"뭐야? 훈련도 열심히 했는데 글쓰기를 망설이다니."

맞는 말이다. 어설픈 자신감만 가지고 섣불리 나섰다가 이렇게 되고 말았다.

친구 선우가 고민하는 모습을 보고 아는 척한 것이 일의 시작이다.

"친구를 생각하는 마음이 무척 기특하군."

스노볼의 칭찬을 무시하고 나는 계속 설명했다.

선우는 같은 반 여학생인 정아를 짝사랑한다. 고민 끝에 드디어 고백하려고 편지를 쓰기로 했는데, 어떻게 써야 할지 모르겠다고 한다.

"그러고 보니 네가 이제 글쓰기를 잘하게 되었다는 뜻이네? 부탁까지 받고 말이야."

나는 으쓱해졌다.

"그렇지, 뭐."

스노볼은 앞발로 머리를 감싸 쥐었다.

🐱 그래서 선우의 편지를 대신 써 주기로 했군.

😊 좀 가르쳐 줘. 연애편지는 어떻게 써야 하지?

🐱 …….

😊 혹시 모르는 거야?

🐱 실례로군. 나는 10만 번 정도 살아온 고양이라고. 연애편지 쓰는 법쯤이야 당연히 알고말고!

😊 그럼 얼른 가르쳐 줘.

🐱 친애하는 정아 씨.

😊 뭐야. 중학생이 쓴 편지 같지 않잖아.

🐱 '달이 예쁘군요'라고 쓰는 건 어때(소설가 나쓰메 소세키가 'I love you'를 '달이 예쁘군요'라고 번역했다는 일화에서, 사랑 고백을 은 유하는 말로 전해진다-옮긴이)?

😊 뜬금없이 웬 달 얘기야?

🐱 말이 많군. 불만이면 스스로 생각하면 되잖아.

😊 내가 못 쓰니까 가르쳐 달라는 거지.

🐱 할 수 없군. 그렇다면, 테헤헤헤헷!

😊 이번에는 어떤 도구를 꺼낼 거야?

🐱 '템플릿!'

😊 템플릿이 뭔데?

템플릿은 어느 정도 완성된 형태를 갖춘, 글의 본보기 서식이다.
본보기로 삼을 수 있는 문장이 쓰여 있기 때문에 아무것도 없는 상태

에서 글을 생각하는 것보다 편리하다. 인사문이나 보고서 등, 잘 모르는 형식의 글을 써야 할 때 템플릿을 활용하는 것도 좋은 방법이다.

😺 템플릿은 종류가 많아?

🐱 인터넷에서 조사해 보면 알겠지만 정말 많은 종류가 있어. 예를 들어, 네가 3학년이 되어 학생 회장에 당선됐다고 하자.

😺 학생 회장? 그럴 일은 절대 없어.

🐱 무슨 일이 일어날지 모르는 게 인생이니까. 이제 넌 전교생이 모인 자리에서 당선 소감을 말해야 해.

😺 못 해, 못 해! 무슨 얘기를 해야 할지 전혀 모르겠어!

🐱 그럴 때 도움이 되는 게 '당선 소감문 템플릿'이야!

😺 그런 템플릿도 있구나.

🐱 대략 이런 식이지.

올해 새 학생 회장이 된 3학년 1반 고다람입니다.

학생 회장 선거에서 저를 뽑아 주셔서 감사합니다.

제가 공약으로 내건 사항

- 학교 행사에 대한 학생 의견 반영
- 학년 간의 교류
- 교내 미화

이 세 가지 공약을 반드시 지키도록 노력하겠습니다.

그러기 위해서는 저부터 앞장서 좋은 아이디어를 꾸준히 낼 생각입니다. 하지만 학생회의 노력만으로는 공약을 실현할 수 없습니다. 여러분의 도움이 꼭 필요합니다.

학교 행사에 관한 설문 조사를 실시해 다양한 의견을 받겠으니 도와주시길 바랍니다.

앞으로 다른 임원들과 힘을 모아 1년 동안 열심히 일하겠습니다.

아무쪼록 잘 부탁드립니다.

감사합니다.

😀 이런 거구나. 템플릿이 있으면 나도 할 수 있을 것 같아.

🐱 템플릿은 어디까지나 본보기로 참고하는 거야. 자신이 하고 싶은 말을 전달하는 게 중요해.

😀 그래서 연애편지 말인데…….

🐱 잊지 않고 있었군.

🐱 연애편지를 쓸 때는 상대에게 자신을 알리는 게 중요해. 선우는 어떤 아이지?

😀 바보 같을 정도로 정직하고 올곧은 성격이야. 그러면서도 친구를 소중히 여기고 사소한 데까지 배려해 주는 아주 좋은 녀

석이지.

🐱 그렇군. 그럼 이런 편지는 어때?

> 정아야, 갑자기 이런 말을 들으면 당황스럽겠지만
> 난 네가 참 좋아.
> 내 이야기를 한번 들어 주면 좋겠어.
> 나에 대해 알려 주고 싶어.
> 잘 부탁해.

😀 오호! 그 녀석다운 편지야.

🐱 넌 선우의 친구니까 그 아이의 장점을
더 잘 표현할 수 있을 거야. 두 사람이 잘
될 수 있도록 이 글을 바탕으로 멋진 편지
를 써 줘.

템플릿이 있으면 어떤 글도 두렵지 않다!

글쓰기가 어려워 고민이라면 템플릿을 찾아보자.

독서 감상문 템플릿

— 이 책을 읽은 이유를 쓴다
친구가 권해 줘서 이 책을 읽게 되었다.

— 책의 줄거리를 간단히 소개한다
폭설이 내리는 외딴 섬 별장에 갇힌 평범한 중학생이 그곳에서 일어난 작은 사건을 해결하는 이야기다.

— 느낀 점이나 인상 깊었던 내용과 그 이유를 말한다
고립된 별장에서 다 함께 만든 요리를 맛있게 먹는 장면이 인상적이었다. 범인이 자신의 잘못을 후회하는 모습을 보고 나쁜 짓을 하면 자신이 괴롭다는 것을 알았다.

— 몇 가지 손꼽은 주제를 정리한다
모두 사이좋게 지내기 위해서는 좋은 일도 불편한 일도 서로 양보하는 마음이 중요하다고 느꼈다.

감사 편지 템플릿

— 어떤 일로 감사를 전하는 편지인지 쓴다

도서 상품권을 선물해 주셔서 감사합니다.

— 상대가 해 준 일로 생긴 좋은 변화를 덧붙인다

덕분에 좋아하는 시리즈의 신간을 읽을 수 있었습니다.

— 마지막으로 다시 한번 인사를!

감사의 마음을 전하고 싶어서 편지를 썼습니다.
정말 감사합니다.

템플릿 찾는 방법

템플릿을 찾을 때는 인터넷에서 검색해 보자.

○○ 템플릿 🔍

○○에는 용도를 입력한다.
(학생 회장 연설문, 편지, 지원서, 작문, 독서 감상문 등)

다양한 템플릿이
있지!

2

좋은 글을
술술 쓰는 방법

의미가 전달되는 글은
다섯 가지 감각으로 쓴다!

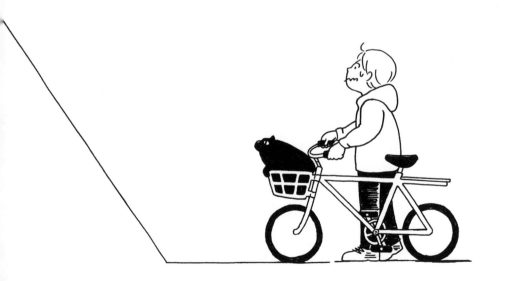

"지금까지 훈련을 계속해 왔으니까 이제는 글쓰기가 두렵지 않을 거야."

스노볼이 뿌듯해했다. 확실히 맞는 말이다.

"드디어 오늘부터는 다음 단계의 훈련을 시작할 거야."

오우, 레벨 업! 용사의 검을 손에 넣은 기분이다.

하지만 잠깐! 나는 스노볼의 말을 막았다.

"다음 훈련을 시작한다는 건 알겠어. 그런데 여기에는 도대체 왜 온 거야?"

우리는 집에서 자전거로 한 시간쯤 달려온 곳에 있었다.

눈앞에는 자동차 한 대가 겨우 빠져나갈 정도로 좁은 고갯길이 보였다. 포장도로이긴 하지만 꽤 가파르다. 나는 길옆에 세워진 표지판을 보았다.

'등산로 입구 해발 544미터'

"글쓰기랑 등산이 무슨 상관이야?"

스노볼이 씩 웃었다.

"요즘 넌 운동을 통 안 하니 마침 잘됐잖아."

"……."

하고 싶은 말은 많지만, 운동 부족인 건 사실이다.

나는 길옆에 있는 나무에 자전거를 기댄 뒤 바퀴에 자물쇠를 채웠다.

🐱 어라? 왜 잠그는 거지?

😊 자전거를 그냥 두고 가면 도둑맞을지도 모르니까.

🐱 무슨 소리야. 지금부터 자전거를 타고 산을 오를 건데.

😊 뭐라고?

🐱 지금 어떤 기분이 들어?

😊 깜짝 놀랐어. 광견병에 걸려서 머리가 어떻게 된 줄 알았다고. 잠깐, 고양이도 광견병에 걸리나?

🐱 고양이를 포함해 대부분의 포유류는 광견병에 걸리지. 어쨌든 빨리 올라가자고.

😊 왜 자전거로 가야 하는데?

🐱 나를 바구니에 태우고 올라가야 하니까.

😊 …….

🐱 집에 돌아가면 등산에 관한 글쓰기를 할 거야.

😊 "이제 글쓰기에 꽤 익숙해졌어. 자전거로 등산 안 해도 글 쓸 수 있어."

🐱 이번에는 오감을 사용해 글을 쓸 것! 이게 조건이야.

😊 오감이라고?

오감은 시각, 청각, 후각, 미각, 촉각 다섯 가지 감각을 뜻한다.

시각은 눈으로 보는 감각.

청각은 귀로 듣는 감각.

후각은 코로 냄새를 맡는 감각.

미각은 혀로 느끼는 맛.

촉각은 무언가가 피부에 닿아 느껴지는 감각.

오감을 사용해 글을 쓰면 읽는 사람이 이미지를 생생하게 떠올릴 수 있다.

😊 맛이랑 냄새도 글로 쓴다고?

🐱 그렇지. 이해했다면 출발!

😊 너는 쉽게 말하지만 여긴 오르막길이라고. 페달을 아무리 밟아도 좀처럼 올라가기 힘들어.

🐱 한심한 소리 하지 말고! 자, 속력을 더 내야지! 힘내, 힘내!

😊 평평한 길이 아니라니까! 게다가 바구니에 쇳덩어리가 들어 있거든.

🐱 쇳덩어리는 나를 말하는 건가?

😊 넌 반드시 다이어트를 해야 해.

🐱 여기서 질문! 뭐가 보이지?

😊 고갯길……. 나무가 길을 덮듯이 온통 우거져 있어. 나뭇잎들 사이로 파란 하늘과 구름이 보여.

🐱 아직 여유가 있군. 그럼 무슨 소리가 들리지?

😊 자전거가 삐걱거리는데? 그리고 내 심장 소리도 들려.

🐱 냄새는?

😊 풀 내음, 그리고 낙엽과 섞인 흙냄새가 나. 어디선가 짐승 냄새도 조금 나고.

🐱 그건 내 냄새야. 뭔가 느껴지는 맛은 없어?

😊 짜. 땀에서 나는 맛…….

🐱 피부로 느껴지는 건?

😊 아파…….

🐱 오르막길을 이만큼 올라왔으니 다리가 아프기도 하겠지.

😊 아니, 다리보다도 땀이 눈에 들어가서 아파. 손도 아프고.
자전거 손잡이를 쥐는 데 힘이 엄청나게 들어가네.

🐱 바람은 못 느끼겠어?

😊 전혀. 바람이 조금이라도 불면 시원할 텐데.

🐱 힘내! 이제 50분만 더 페달을 밟으면 정상이야.

내가 무엇을 느끼는지
항상 의식하는 것이 중요하다.

자전거로 등산로를 올라가라는 말을 들었을 때, 나는 왜 그래야 하는지 이해할 수 없었다. 게다가 스노볼은 집에 돌아가면 오감을 사용해 글을 써야 한다고 말했다.

달리기 시작하고서야 알게 되었다.

자전거로 경사진 언덕길을 올라가기는 무척 힘들다. 온몸을 쓰지 않으면 조금도 앞으로 나아갈 수 없다. 게다가 바구니에 탄 스노볼은 어찌나 무거운지…….

처음에는 주변의 나무와 하늘을 바라볼 여유가 있었다. 하지만 얼마 못 가 얼굴을 들고 있을 수가 없었다. 보이는 것은 자전거 몸체와 앞바퀴, 아스팔트 도로와 아래로 떨어지는 땀뿐이었다.

서서 페달을 밟으려고 이따금 몸을 안장에서 일으키면 땀이 눈과 입으로 흘러들었다. 땀이 눈에 들어가 얼얼했고, 입에서는 짭짤한 맛이 났다.

페달을 밟으면서 핸들을 몸 쪽으로 당겼다. 자전거 몸체가 삐걱삐걱 소리를 냈다.

이런 게 글쓰기를 위한 훈련이라고?

그런 생각을 할 여유도 금세 사라지고 머릿속이 텅 비었다.

나는 정상에 가까스로 도착하자마자 땅바닥에 뻗어 버렸다. 스노볼이 물었다.

"기분이 어때?"

우선 스노볼의 식사량을 줄여서 다이어트를 시켜야겠다고 생각했다.

오늘 먹은 저녁밥에 대해 쓴 글이 표현력을 길러 준다?

감상을 전하는 글에는 반드시 오감이 들어가 있다.

오감을 사용하면 식사에 대한 느낌을 쉽게 전달할 수 있다

'츄르냐옹'은 어떤 음식?

맛있는 음식을 찾아 소개하는 텔레비전 프로그램에선 오감을 사용해 음식의 맛과 특징을 전달하지.

시각 ➡ 갈색이고 핥아 먹기 좋은 페이스트 상태.

청각 ➡ 봉지째 핥으면 할짝할짝 소리가 난다.

후각 ➡ 진한 생선과 조개 냄새.

미각 ➡ 가리비와 참치 뱃살을 졸여 혀끝에서 살살 녹을 정도로 부드럽다.

촉각 ➡ 막대기 모양의 작은 봉지를 살짝 누르면 한입에 먹을 만큼씩 삐져나와 먹기 편하다.

자신의 경험을 쓸 때도 오감을 사용하자

마라톤 대회에서 무엇을 느꼈나?

시각 ➡ 거리에서 많은 관중이 응원하고 있다. 마라톤 참가
자들은 운동복을 입고, 다양한 종류의 운동화를 신고
있다.

청각 ➡ "파이팅!"이라고 외치는 관중의 목소리, 긴장해서
두근두근 뛰는 심장 소리.

후각 ➡ 땀 냄새.

미각 ➡ 입으로 흘러 들어간 땀의 짠맛.

촉각 ➡ 달리면 바람이 불어온다. 발바닥에 지면의 단담함
이 전해진다.

으아…
엄청 힘드네!

감정을 기호로
나타낸 뒤 문장으로
표현해 보자

스노볼이 이상하다.

말을 걸어도 "냐옹" 하고 대답할 뿐이다.

고양이니까 이상한 일은 아니지만, 스노볼은 10만 번 정도 산 고양이다. 지금까지 성가실 정도로 사람의 말로 이야기하지 않았던가.

"무슨 일 있어, 스노볼?"

스노볼은 "냐옹" 하고 한 번 대답하고는 책상 위로 냉큼 올라갔다. 그러고는 스탬프 패드의 잉크를 발톱 끝에 묻혔다.

"뭘 하려고?"

내 질문을 무시하고 스노볼은 종이에 소용돌이무늬 같은 걸 그렸다. 그러더니 약간 자랑스러운 듯이 종이를 내밀었다.

"뭘 그린 거야?"

나는 고개를 갸웃했다.

"롤 케이크? 아니면 모기향인가?"

스노볼이 한숨을 쉬고는 입을 열었다.

"이 훈련의 단점은 그림을 그리는 쪽의 감성이 아무리 풍부해도 상대방에게 감성이 없으면 아무 소용이 없다는 거지."

마침내 말을 하기 시작한 스노볼에게 물었다.

"이것도 글쓰기 훈련이야?"

🐱　내가 말을 안 하니까 불안했어?

😊　응. 네가 이상해 보였다고나 할까. 이제 평범한 고양이가 됐나 했어.

🐱　언어는 참 편리해. 여러 가지 감정을 상대에게 전할 수 있거든. 하지만 언어를 사용할 수 있다고 해서 자신의 감정을 깊이 생각하지 않고 입 밖에 내는 경우가 있지. 자꾸 그렇게 하다 보면 자신의 감정을 깊이 생각하는 습관이 없어져.

😊　그렇겠네.

🐱　예를 들어, 슬픈 감정을 '슬프다'라는 언어로 나타낼 수도 있겠지만, 그 말이 자신의 감정을 가장 잘 표현하는 걸까?

😊　그러고 보니 '서글프다'라는 말도 있지.

🐱　우선 자신의 감정을 깊이 생각해야 돼. 그리고 그 감정을 상대에게 잘 전할 수 있도록 말 이외의 기호나 선, 색으로 표현하는 방법도 있어. 이게 바로 오늘 하려는 훈련이야.

😊　…….

🐱　오늘은 200자 일기를 기호로 써 보자고!

😊　뭐?

🐱　이 종이 한가운데 그린 미로 같은 건 뭐지?

😊　미로가 맞아. 오늘 수학 시간에 간단한 쪽지 시험을 봤는데 하나도 모르겠더라고. 그때 심정을 생각하면 마치 미로에 들어선 것 같았어. 주변 친구들은 문제를 쓱쓱 풀고 있는데 말이지.

🐱　미로를 둘러싼 톱니처럼 뾰족뾰족한 선들은 네가 주변을 둘러보았을 때의 기분이로군. 그림 전체에 그려 놓은 가느다란 선들은 뭐지?

😊　시험 점수가 나올 일을 생각하니까 높은 곳에서 떨어지는 듯한 기분이 들더라고. 번지 점프를 하는 기분이랄까. 그 감정을 선으로 표현한 거야.

🐱　종이가 꾸깃꾸깃한 건?

😊　굳이 말 안 해도 알잖아? 시험지를 구겨서 버리려고 했으니까 그렇지.

🐱　어지간히 못 봤나 보군.

😊　글쓰기 훈련보다 수학 특수 훈련을 받아야 할 것 같아. 수학 좀 가르쳐 줘.

🐱　이제 다음 단계는 말이야.

😊 일부러 못 들은 척하는 거지?

🐱 넌 이 그림을 그리며 자신의 감정을 깊이 들여다봤어. 그걸 바탕으로 200자 글쓰기를 해 보자.

언어 이외의 방법으로 표현하면 자신의 감정을 더욱 깊이 들여다보고 깨달을 수 있다.

그 표현을 문장으로 바꿔 쓰면, 언어만으로 생각했을 때는 쓰지 못했던 표현을 찾아낼 수 있다.

　　오늘 수학 시간에 쪽지 시험을 봤다. 아는 문제가 전혀 없어서 출구 없는 미로로 들어선 듯한 기분이었다. 주변에 앉은 친구들은 문제를 쓱쓱 풀고 있었다. 샤프펜슬로 답을 써 내려가는 소리가 귀에 꽂혔다. 막힘없이 답을 쓰는 친구들이 무척 부러웠다. 시계를 보니 시간이 얼마 남지 않았다. 마음이 초조해지고 안정이 되지 않았다. 채점한 시험지를 받아 볼 생각을 하자 높은 곳에서 떨어지는 듯한 기분이 들었다. 빈칸투성이 시험지를 꽁꽁 뭉쳐서 던져 버리고 싶었다.

😊 조금 놀랐어. 선과 기호로 표현하고 글을 써 보니 내 감정을 섬세하게 쓸 수 있었어. 언어로만 생각했다면 '수학 쪽지 시험을 봤다. 결과는 최악일 것이다' 정도로 끝이었을 거야.

🐱 여유가 있을 때나 평소와 다른 느낌으로 글을 쓰고 싶을 때 꼭 이 방법을 써 봐.

😊 그런데 네가 처음에 그린 소용돌이무늬는 뭘 표현한 거야?

🐱 알기 쉽게 그렸는데도 모르다니. 정말 감수성이 부족하군. 지금 내 기분을 표현한 그림이라고.

😊 전혀 모르겠는데.

🐱 네가 다이어트 어쩌고 하면서 요즘 내 식사량을 줄였잖아. 그래서 배가 고파 눈이 핑핑 돌아가는 모습을 표현한 거야.

😊 이러면서 네가 감성이 풍부하다고? 그 자신감은 대체 어디에서 나오는 거야?

자신의 기분을 제대로 알면 감성이 풍부해진다.
감성이 풍부해지면 자연스럽게 표현도 는다.

그때 당시 자신의 감정을 떠올려 보자

어떤 사건에서 느낀 감정을 찾아보자.

그 기분을 느꼈을 때 어떤 생각이 들었나?

축구 시합에서 이겨서 기뻤을 때.

- 열심히 연습하기를 참 잘했다.
- 팀원들과 함께 승리를 축하하고 싶다.

시험 점수가 나빠서 슬펐을 때.

- 시험을 잘 본 친구가 부러웠다.
- 엄마에게 시험지를 보여 주고 싶지 않다.

그 기분을 느꼈을 때 몸동작과 표정은 어땠는가?

몸동작과 표정을 글로 쓰면
훨씬 섬세한 감정을 표현할 수 있다.

축구 시합에서 이겨 기뻤을 때.

• 나도 모르게 팀원을 얼싸안았다.
• 신이 나서 발걸음이 가벼워졌다.

시험 점수가 나빠서 슬펐을 때.

집에 가기
싫어….

• 어깨가 축 처지고 표정이 어두워졌다.
• 가슴에 구멍이 뻥 뚫린 것처럼 따끔따끔 아팠다.

38점?

우선 많이 쓰고
좋은 문장만 남긴다

사과 한 개가 놓인 접시가 내 앞에 있다.

"디저트야?"

내가 묻자 스노볼은 고개를 흔들었다.

"이번에 할 훈련이야. 사과를 스케치하는 거지."

얼마 전에는 자전거로 고갯길을 올라갔다. 이번에는 스케치! 글쓰기 훈련인데 글을 안 써도 되는 걸까?

하지만 스노볼이 하라는 대로 잘 따라왔기에 나는 글쓰기를 할 줄 알게 되었다.

이런저런 의문이 들 때도 있지만 스노볼의 말은 믿어도 된다.

나는 4B 연필을 들고 스케치북을 펼쳤다.

이번에는 스노볼이 고개를 갸우뚱했다.

"뭐 하는 거야?"

"사과를 스케치하라며."

스노볼은 앞발을 와이퍼처럼 양옆으로 흔들었다.

"설명이 부족했나 보군. 그림을 그리는 게 아니라 언어로 스케치를 할 거야."

"뭐라고?"

이번에는 내 고개가 기울어졌다.

"그러니까 사과를 언어로 쓰는 거라고."

……무슨 말인지 모르겠다.

🐱 사과를 그리려면 어떤 사과인지 유심히 들여다봐야 하지?

😊 당연하지. 자세히 들여다보지 않으면 그릴 수 없으니까.

🐱 사과를 잘 보고 선을 그린다. 그린 선이 어색하면 다시 다른 선을 그린다. 이 과정을 반복하면 그림이 점점 진짜 사과 같은 모습이 되는 거지.

😊 사과를 그림으로 그리는 방법은 알겠어. 그런데 어떻게 언어로 쓴다는 거야?

🐱 그릴 때랑 똑같아. 자세히 들여다본 뒤, 관찰한 내용을 글로 쓰는 거지. 너라면 어떻게 쓰겠어?

😊 '사과.'

🐱 ……그게 다야?

😊 사과 맞잖아?

🐱 그렇게만 쓰면 다른 사과와 구별할 수 없지. 네 앞에 있는 단 하나의 사과를 언어로 표현하는 거야.

😊 '접시에 놓인 사과가 내 앞에 있다. 빨간 사과다.' 그럼 이건 어때?

🐱 여전히 부족해.

😊 …….

🐱 지금까지 훈련한 내용을 떠올려 보면 분명히 쓸 수 있을 거야. 200자 이상 써야 합격이다.

눈앞에 있는 사과는 어떤 사과인가?

눈으로만 보지 말고 자세히 들여다보며 살핀다. 그리고 모든 감각을 사용한다.

글을 읽는 사람이 머릿속에 이미지를 떠올릴 수 있도록, 될 수 있는 한 자세히 쓴다.

접시에 놓인 사과가 내 앞에 있다. 사과는 빨간색이다. 하지만 전체가 빨갛지는 않다. 하얀 반점이 희미하게 퍼져 있고, 꼭지가 달린 부분은 노랗다. 크기는 야구공만 하다. 둥글다기보다는 바위처럼 울퉁불퉁하다. 표면은 왁스를 바른 것처럼 반들거려서 자세히 들여다보면 방 안의 모습이 비친다. 손으로 들어 보니 생각보다 무겁다. 묵직한 느낌이 손에 전해진다. 달콤한 향기가 나서 나도 모르게 한 입 베어 물고 싶어졌다.

🐱 거봐, 하니까 되잖아.

😊 온 힘을 짜냈어. 이제 한 글자도 더 못 쓸 것 같아.

🐱 애쓴 만큼 어떤 사과인지 확실히 알게 됐어. 색깔, 크기, 모양, 무게, 향기에 대해 썼는데 이 중에서 네가 가장 말하고 싶은

내용은 뭐지?

😊 모양이야. 사과는 다 둥글다고 생각했는데 이 사과는 그렇지 않거든. 그리고 표면에 방 안의 모습이 비쳐서 조금 놀랐어.

🐱 이번에는 네가 말하고 싶은 내용만 남기고 다른 부분을 없애 보자.

> 접시에 놓인 사과가 내 앞에 있다. 둥글다기보다는 바위처럼 울퉁불퉁하다. 표면은 왁스를 바른 것처럼 반들거려서 자세히 들여다보면 방 안의 모습이 비친다.

마지막에는 가장 전하고 싶은 내용만 남기자.

😊 이렇게 없앨 거였으면 애초에 많이 쓰지 않아도 됐잖아?

🐱 아니야. 넌 처음에 200자를 써야 한다고 생각하며 사과를 봤어. 그래서 다양한 점을 발견할 수 있었던 거야. 그렇지 않았다면 네 글은 '접시에 놓인 사과가 내 앞에 있다. 빨간 사과다'라는 재미없는 문장이 됐겠지.

😊 잘난 척 좀 그만할래? 그러는 너는 언어로 얼마나 스케치할 수 있는데?

🐈 큭, 실례잖아. 누워서 떡 먹기보다 쉬운걸. 못 믿겠으면 내 앞에 츄르냐옹을 갖다 놔. 단숨에 200자를 써 주지.

'츄르냐옹'은 예전 상품인 '츄르냠냠'을 개선한 신상품이다. 엄선한 참치 뱃살에 가리비를 배합해 풍미가 더욱 깊어졌다. 올리고당과 녹차 추출물도 더해 고양이에게 최고의 맛을 선사한다. 스틱 모양의 작은 봉지에 담긴 양은 약 14그램이며, 핥아 먹기 쉬운 페이스트 형태로 되어 있다. 편하게 먹겠다고 접시에 담아 핥는 것은 촌스러운 일이다. '츄르냐옹'은 반드시 봉지째 핥아 먹어야 폼이 난다.

타닥 타닥
타닥 타다닥 다
타닥 타닥

😊 왜 사과로 안 썼어?

🐈 난 사과를 먹으면 배가 아프거든.

😺 이 글은 츄르냐옹 광고문 같은데?

🐈 아직 한참 더 쓸 수 있다고!

😊 ……네가 '츄르냐옹'을 좋아하는 마음은 충분히 전해졌어.

사과 한 개로 원고지

다섯 매 분량 글쓰기

시각

색깔(한 가지 색인가, 몇 가지 색이 섞여 있는가?)
크기(어느 정도 크기인가?)
모양(다른 사과와 비교해 예쁜가, 상처가 있는가?)
질감(윤기가 나는가, 울퉁불퉁한가?)

사과 좀 깎아 줘!

청각

내려놓을 때, 만질 때의 소리
주변에서 들리는 목소리

표현을
풍부하게 하는 비유는
연상 게임으로 척척!

"정말 재미있다."

매우 흡족한 기분으로 책을 덮었다.

낮잠을 자던 스노볼이 오른쪽 귀를 쫑긋 세우며 눈을 떴다.

"웬일이야. 책을 읽고 재미있다고 하다니."

스노볼이 내 쪽으로 느릿느릿 걸어왔다.

"무슨 책을 읽었는데?"

"《추리 소설 요리법》이라는 책이야."

"트릭이 기발해?"

"음, 그렇지는 않아. 오히려 맥이 빠졌는걸."

"그럼 탐정이랑 캐릭터들이 좋았나 보군."

"탐정은 중학생인데 그냥 평범한 남자아이야. 너무 평범해서 시시했어."

대답하면서 의아한 마음이 들었다.

트릭도 캐릭터도 별로다. 그런데 왜 재미있다고 느꼈을까?

"흠."

스노볼이 《추리 소설 요리법》을 집어 들더니 책장을 착착 넘기기 시작했다. 앞발을 능숙하게 움직이며 엄청난 속도로 읽어 나갔다.

잠시 뒤, 스노볼이 책장을 덮고 말했다.

"네가 재미있다고 말한 이유를 알았어."

🐱 그건 말이지, 작품에 나오는 비유가 독특하기 때문이야.

😀 비유?

🐱 학교에서 이미 배웠겠지만, 간단히 가르쳐 주지. '비유'란 어떤 일이나 사물을 직접 설명하지 않고 다른 비슷한 일이나 사물에 빗대어 설명하는 거야. 비유를 쓰면 읽는 사람에게 이미지를 더 쉽게 전달할 수 있어. 네가 이 책이 재미있었던 이유는 비유가 독특해서 이야기 속에 펼쳐진 세계를 머릿속에 쉽게 떠올렸기 때문이 아닐까?

😀 맞아. 폭설이 내리는 외딴 섬 별장에서 사건이 일어나는데, 읽는 동안 나도 별장에 갇혀 있는 듯한 느낌이었거든.

🐱 비유는 그 정도로 중요한 표현 기법이지. 그럼 이번에는 비유를 써서 글 쓰는 훈련을 해 보자.

'바람이 강하게 분다'라는 문장에서는 바람이 어느 정도로 강한지 상상하기 어렵다.

하지만 '우산이 날아갈 정도의 바람'이라고 쓰면 이미지가 쉽게 떠오른다.

비유를 쓰면 읽는 사람에게 이미지를 쉽게 전달할 수 있다.

🐱 비유에는 직유와 은유가 있어. 우선 직유부터 가르쳐 줄게.

😀 직유가 뭔데?

🐱 비슷한 성질이나 모양을 가진 두 사물을 '처럼' '같이' '듯이'

같은 연결어를 써서 직접 비유하는 방법이야. 예를 들어 '두부처럼 부드러운' '쟁반같이 둥근 달'처럼 표현하는 거야.

◕ 아! 그런 거라면 이미 자연스럽게 쓰고 있어.

직유는 익숙할수록 주의해야 할 점도 있다.

이를테면 '두부처럼 부드럽다'와 '젤리처럼 부드럽다'라는 표현은 느낌이 완전히 다르다.

'두부처럼 부드럽다'라는 문장을 읽으면 무르고 부서지기 쉽다는 이미지가 떠오른다. 반면 '젤리처럼 부드럽다'에서는 탄력이 느껴진다.

비유를 쓸 때는 사물을 잘 살펴봐야 한다.

🐱 라디오 프로그램 진행자들은 직유를 능숙하게 쓰지. 라디오는 눈으로 볼 수 없으니까 직유법을 풍부하게 활용해서 듣는 사람이 이미지를 상상할 수 있게 하거든.

라디오는 소리만으로 듣는 사람에게 이미지를 전달한다.

라디오를 들으면 좋은 표현을 배울 수 있다. 쓸 만한 표현은 메모해 두자.

😊 막상 직유를 사용하려고 하니까 생각보다 어려워.

🐱 그렇다면 간단하게 직유로 표현하는 방법을 가르쳐 주지. 테헤헤헤헷!

😊 진짜 안 똑같으니까 그만 좀 하지?

🐱 어떤 방법이냐면 말이지, 연상 게임에서 한 단계 더 건너뛰는 거야. 지난번에 글쓰기 소재로 삼은 사과를 예로 들어 보자. 사과에서 연상되는 것은?

😊 빨간색.

🐱 빨간색에서 연상되는 것은?

😊 우체통?

🐱 자, 그럼 '우체통처럼 빨간 사과'라고 쓸 수 있겠네.

직유 표현이 빨리 떠오르지 않으면 연상 게임을 해 보자.

😊 쓸 만한 게 떠오르면 좋겠지만, '사과→뉴턴→만유인력' 이렇게 연상되면 어떡하지?

🐱 아니다 싶으면 그 연상은 버리면 돼. 어떤 연상을 떠올리느냐는 그 사람의 센스지.

😊 직유는 알았으니까 이번에는 은유를 가르쳐 줘.

🐱 은유는 직유에서 사용한 '처럼' '같이' 같은 연결어를 쓰지 않아. '-은/는 -이다'로 표현하지. 직유가 두 대상을 직접 연결하는 방법이라면, 은유는 두 대상을 암시적으로 연결해. 예를 들어 '내 마음은 호수다' '텔레비전은 바보상자다'처럼 표현하는 거야.

😊 내 마음은 호수다……. 왠지 멋있는데.

🐱 비유는 이미지를 전달하기 쉽다는 좋은 점이 있지만, 나쁜 점도 있어. '몽당 연필 정도의 길이'라고 하면, 넌 몇 센티미터 정도가 생각나?

😊 5센티미터?

🐱 나는 2센티미터 정도를 떠올리거든. 이렇게 쓰는 사람과 읽는 사람이 떠올리는 이미지가 다르면 의미가 잘못 전달되는 거지. 그리고 불필요한 부분에 비유를 사용하면 무슨 의미인지 알 수 없게 되고, 문장의 리듬도 흐트러져.

상대에게 의미가 정확하게 전달되지 않는 비유라면 쓰지 않는 편이 낫다.

하지만 전달되지 않을 것이라는 점을 알고 쓰는 것도 재미있다.

'비유'로
생각을 전달하는
능력이 향상된다!

비유를 능숙하게 써서 표현력을 높이자.

직유법을 활용하자

연결어 '처럼' '같이' '듯이'를 사용해서 다른 대상에 직접 비유한다.

인간처럼 말하는 고양이.

두부같이 부드럽다.

비유는 물건의 크기나 모양, 질감,
그리고 감정을 전할 때도 유용하다.

은유법을 활용하자

직유법처럼 연결어를 쓰지 않고,
'-은/는 -이다'로 표현한다.

> 그 아이는 천사야.

> 내 마음은 호수다.

의인법을 활용하자

사람이 아닌 것을 사람처럼 빗대어 표현한다.

> 비가 오고 있다. ▶ 하늘이 울고 있다.

> 공이 빠르게 굴러간다. ▶ 공이 달려간다.

> 화산이 분화한다. ▶ 화산이 노여움을 토해 낸다.

글은 겉모습이 90퍼센트다.
'올바른 문장'을 쓰기만 해도
잘 썼다고 인정받는다

창고에서 꺼낸 작은 책상을 방으로 옮겼다. 의자 없이 바닥에 앉아서 사용하는 책상이다.

"스노볼! 저리 비켜!"

드르렁드르렁 코를 고는 스노볼을 발로 밀어 내고 책상을 바닥에 놓았다.

낮잠을 자다 깬 스노볼이 투덜거렸다.

"무슨 일이야. 좌식 책상까지 가져오고."

"좌식 책상?"

"그렇게 바닥에 앉아 쓸 수 있게 만든 낮은 책상을 좌식 책상이라고 해."

스노볼의 장황한 설명을 무시하고 좌식 책상 앞에 방석을 놓았다. 그러자 스노볼이 방석 위로 냉큼 올라갔다. 나는 스노볼을 쫓아내고 책상 위에 원고지 다발을 올려놓았다.

"도대체 뭘 하려는 거야?"

"작가의 기분을 맛보고 싶어서 그래. 이제 글을 좀 잘 쓰게 됐잖아. 그래서 소설이라도 써 볼까 하고."

작가처럼 진지한 자세를 잡으며 스노볼에게 말했다.

"어때? 국어 교과서에 나올 것 같은 모습이지? 사진을 찍어도 좋아."

스노볼의 대답은 입이 찢어질 듯한 하품이었다.

🐱 음, 그럴듯한 도구부터 갖추는 것도 좋지.

😊 어울려?

🐱 놀이동산에서 길을 잃고 파출소에서 보호받다가 엄마가 데리러 오자 기뻐서 어쩔 줄 모르는 아이 같아.

😊 지난번에 이해하기 어려운 비유는 쓰지 말라고 했잖아.

🐱 다시 말해, 작가의 모습을 흉내 내는 것도 중요하다고 생각해. 어울리고 아니고는 별개로 말이지.

😊 무슨 소리야. 당연히 어울리지.

🐱 좋아. 그럼 이제 '아름다운 원고'를 쓰는 훈련을 해 보자.

😊 그건 곤란한데. 나 글씨 엄청 못 쓰거든.

🐱 글씨를 잘 쓰고 못 쓰고의 문제가 아니야. 물론 잘 쓰는 게 좋긴 하지만……. 내가 말한 '아름다운 원고'는 '읽기 쉬운 원고'라는 뜻이야. '-입니다' '-합니다'로 끝나던 문장이 갑자기 '-이다' '-하다'로 바뀌면 아름답지 않잖아.

😊 읽기 쉬운 문장을 쓰라는 말이야?

🐱 당연히 그 뜻도 있지. 하지만 읽기 쉬운 문장으로 원고지를 채운다고 꼭 아름다운 원고는 아니야.

😊 ……?

🐱 일단 맞춤법이 틀리면 아무리 유려한 문장을 쓴다 해도 소용없어. 읽는 사람이 '이 작가는 국어 공부도 제대로 안 했나 보군' 하고 생각할 테니까.

😊 맞춤법이라……. 맞춤법은 너무 어려운데.

🐱 글을 쓸 때는 국어사전을 항상 옆에 두도록 해. 맞춤법이 헷갈리는 단어가 나오면 찾아볼 수 있도록.

😊 글 쓰는 것도 힘든데 사전까지 찾아보라고?

🐱 정확한 맞춤법은 기본 중의 기본이야.

맞춤법이 엉망인 글은 읽는 이의 신뢰를 떨어트린다!

헷갈리는 맞춤법은 국어사전을 찾아보자. 사전 찾기가 번거롭다면 인터넷을 활용해도 좋다. '국립국어원 표준국어대사전' 사이트를 이용하자.

🐱 당연한 말이지만, 띄어쓰기도 맞춤법만큼 중요해. 띄어쓰기를 틀리면 문장의 뜻이 완전히 달라질 수 있거든. '엄마가 죽을 드신다'와 '엄마 가죽을 드신다' 두 문장을 비교해 봐.

😊 가죽을 드신다니! 띄어쓰기도 조심해야겠네.

맞춤법만큼 띄어쓰기도 틀리지 않도록 조심하자.

띄어쓰기가 헷갈릴 때도 국어사전을 이용할 수 있다.

> 시험에서 난제를 접하자 심중에 울분이 치민다. ↵

🐱 한자어가 너무 많아서 어렵지?

😺 어려운 정도가 아니라 무슨 말인지 아예 모르겠어. 한자어를 저렇게 많이 안 써도 되잖아?

🐱 우리말의 약 70퍼센트가 한자어야. 한자어를 아예 안 쓰기란 불가능하지. 하지만 저 문장처럼 지나치게 어려운 한자어를 남발하면 문장이 어려울 뿐만 아니라 무겁고 딱딱해져.

😺 읽는 사람도 괴롭겠군.

한자어를 지나치게 많이 쓰면 읽기 힘들다. 쉬운 단어로 표현할 수 있는데도 굳이 한자어를 써서 문장을 어렵게 만들지 말자.
될 수 있는 한 쉬운 단어나 순우리말을 쓰자.

🐱 한자어를 어쩔 수 없이 써야 할 때도 있어. 한글로만 쓰면 의미를 확실히 알기 어려운 한자어도 있으니 그럴 때는 옆에 한자를 함께 적는 것이 좋아.

😺 한자 공부도 저절로 되겠네.

🐱 요즘에는 많은 사람이 어려운 한자어 대신 쉬운 우리말을 쓰려고 노력하고 있어. 넌 한자를 잘 모르니까 굳이 노력할 필요가 없는 건가.

'츄르냐옹'은 예전 상품인 '츄르냠냠'을 개선한 신상품이다.

엄선한 참치 뱃살에 가리비를 배합해 풍미가 더욱 깊어졌다. 올리고당과 녹차 추출물도 더해 고양이에게 최고의 맛을 선사한다.

스틱 모양의 작은 봉지에 담긴 양은 약 14그램이며, 핥아 먹기 쉬운 페이스트 형태로 되어 있다.

편하게 먹겠다고 접시에 담아 핥는 것은 촌스러운 일이다. '츄르냐옹'은 반드시 봉지째 핥아 먹어야 폼이 난다.

😊 흠, 행갈이를 하니까 내용이 눈에 더 잘 들어오네.

😼 글이 길어질수록 행갈이를 안 하면 읽기 힘들어. 저렇게 정보를 전달하는 글은 중심 내용이 바뀌는 부분에 따라 행갈이를 하면 돼.

😊 무슨 말인지 알겠어. 그런데 저 글에도 한자어가 있는 것 같은데.

😼 한자어를 아예 안 쓸 수는 없다고 했잖아. 순우리말과 한자어를 잘 가려서 사용하면 돼. 핵심은 읽기 쉬운 글이야.

😊 그렇구나.

보기에도 읽기에도 좋은 글을 쓰자

쉽게 써야 읽기도 쉽다.

순우리말을 쓸까, 한자어를 쓸까?

읽기 쉬운 글을 쓰려고 의식하면서 어떤 단어를 선택할지 결정하자.

> 익일 정오에 역전에서 만나자.

> 내일 낮 12시 역 앞에서 만나자.

> 시험에서 난제를 접하자 심중에 울분이 치밀었다.

> 시험에서 어려운 문제를 만나자 마음속에 화가 치밀었다.

될 수 있는 한 쉬운 단어를 쓰자.

한자어가 많으면 읽기 힘들어.
難 憤 鬱

행갈이에 규칙은 없다

규칙은 없지만 이럴 때 행갈이를 하면 읽기 쉬워진다.

- 대화문 뒤에
- 글의 자연스러운 리듬에 따라
- 중심 내용이 바뀔 때
- 하나의 단락이 길어질 때

싹둑

비교해 보면 어떤 글이 읽기 쉬운지 알게 될 거야!

'츄르냐옹'은 예전 상품인 '츄르냠냠'을 개선한 신상품이다. 엄선한 참치 뱃살에 가리비를 배합해 풍미가 더욱 깊어졌다. 올리고당과 녹차 추출물도 더해 고양이에게 최고의 맛을 선사한다. 스틱 모양의 작은 봉지에 담긴 양은 약 14그램이며, 핥아 먹기 쉬운 페이스트 형태로 되어 있다. 편하게 먹겠다고 접시에 담아 핥는 것은 촌스러운 일이다. '츄르냐옹'은 반드시 봉지째 핥아 먹어야 폼이 난다.

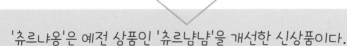

'츄르냐옹'은 예전 상품인 '츄르냠냠'을 개선한 신상품이다.

엄선한 참치 뱃살에 가리비를 배합해 풍미가 더욱 깊어졌다. 올리고당과 녹차 추출물도 더해 고양이에게 최고의 맛을 선사한다.

스틱 모양의 작은 봉지에 담긴 양은 약 14그램이며, 핥아먹기 쉬운 페이스트 형태로 되어 있다.

편하게 먹겠다고 접시에 담아 핥는 것은 촌스러운 일이다. '츄르냐옹'은 반드시 봉지째 핥아 먹어야 폼이 난다.

의미가 전달되고,
이해하기 쉽고, 마음에 남는다.
짧은 문장이 최고!

또, 또, 또 곤란한 상황에 부딪혔다.

나는 새하얀 편지지를 앞에 두고 팔짱을 끼고 있다. 이 자세로 거의 한 시간 동안 가만히 앉아 있었다.

"또 연애편지를 부탁받았나?"

낮잠을 자고 일어난 스노볼이 말을 걸었다.

"시골에 사시는 이모가 도서 상품권을 보내 주셨어. 그래서 감사 편지를 쓰려고 하는데 뭐라고 쓸지 모르겠네."

"흠."

푸시시 일어난 스노볼이 발톱 끝에 잉크를 묻혀 종이에 물음표를 그렸다.

"프랑스 소설가 빅토르 위고는 자신이 쓴 책의 판매 상황을 출판사에 물어보려고 편지를 썼는데, 그 편지에는 물음표 하나만 적혀 있었대. 그러고 나서 출판사에서 받은 답장에는 느낌표만 쓰여 있었다지. 위고는 '책은 잘 팔립니까?'라고 물은 거고, 출판사는 '매우 잘 팔립니다!'라고 답한 거지."

이야기를 술술 풀어내는 스노볼을 보며 한숨을 쉬었다.

"그 이야기가 나랑 무슨 상관인데?"

🐱 편지에 관한 유명한 이야기를 또 하나 해 주지.

😀 아니, 그것보다 편지 쓰는 법을 가르쳐 달라고…….

🐱 지금 하려는 이야기는 네게 필요한 거야. 편지에 '바빠서 짧은 편지를 쓸 수 없다'라고 쓴 사람 이야기거든. 그 편지를 쓴 사람은 프랑스의 천재 수학자이자 철학자인 블레즈 파스칼이야.

😀 '인간은 생각하는 억새'라고 말한 사람이지?

🐱 틀렸어. '인간은 생각하는 갈대'야.

😀 이상한 사람이군. '바빠서 긴 편지를 쓸 수 없다'라고 해야 맞는 거 아냐?

🐱 파스칼은 짧고 이해하기 쉬운 편지를 쓰는 게 시간이 더 걸린다고 말하고 싶었던 거야. 그래서 이번 훈련은 짧은 문장을 쓰는 방법이야.

😀 저기…… 편지 쓰는 법은?

짧은 문장은 글의 기본이다.

여기에서 '짧은 문장'은 '각 문장이 짧은 것'과 '글 전체가 짧은 것'을 모두 가리킨다.

짧은 문장으로 쓰려고 하면 정말 쓰고 싶은 것밖에 못 쓴다.

또한 주어 뒤에 바로 서술어가 오므로 의미를 전달하기 쉽다.

항상 짧은 문장을 쓰려고 의식하자.

😀 짧은 문장을 쓰는 건 쉽잖아?

🐱 그건 검술의 명인이 칼을 휘두르는 모습을 보고 초보자가 나도 할 수 있겠다고 생각하는 거랑 똑같아. 보기에는 쉬울지 몰라도 상당히 어려운 일이거든. 시험 삼아 오늘 일기를 짧은 문장으로 써 봐.

오늘은 체육 시간에 농구 시합을 했다. 우리 팀은 네 경기에서 2승 1무 1패를 기록했다. 첫 번째 시합은 농구부원이 있는 팀과 맞붙어서 이기지 못했다. 두 번째 시합은 상대 팀에 농구부원은 없었지만 운동 신경이 좋은 선수가 많아서 비겼다. 세 번째와 네 번째 경기에서 이긴 것은 상대 팀이 실수를 했고, 내가 던진 3점 슛이 들어갔기 때문이다. 모두 운이 좋았다고 하지만 내가 방과 후에 3점 슛 연습을 했다는 사실은 아무도 모른다. 시합이 끝나고 급식으로 먹은 칠리소스를 얹은 닭고기는 정말 맛있었다.

😺 안 되는데. 지금까지 많은 걸 찾아내서 쓰는 훈련을 받다 보니 짧은 문장으로는 못 쓰겠어.

🐱 부족한 점이 여러 가지 있지만, 무엇을 쓸지 확실히 정하지 못한 게 가장 큰 실패 요인이야. 네가 쓰고 싶었던 얘기는 농구 시합에서 활약했다는 거야, 닭고기가 맛있었다는 거야?

😺 당연히 농구 얘기지.

🐱 그렇다면 마지막 문장 '시합이 끝나고 급식으로 먹은 칠리 소스를 얹은 닭고기는 정말 맛있었다'는 빼. 아니면 '그 후에 먹은 급식은 매우 맛있었다' 정도로 써도 괜찮아.

😊 알았어.

🐱 농구 시합에서 활약한 이야기를 중심으로 쓰고 싶다면 앞부분의 구성을 고쳐야 해.

짧은 문장을 쓸 때는 무엇을 중심으로 쓸지 확실히 정해야 한다.

🐱 자, 이런 식으로 고쳐 보자.

오늘은 체육 시간에 농구 시합을 했다. 1승 1무 1패 상태에서 맞이한 네 번째 경기. 내가 던진 3점 슛으로 이길 수 있었다. 모두 운이 좋았다고 하지만 내가 방과 후에 3점 슛 연습을 했다는 사실은 아무도 모른다.

그 후에 먹은 급식은 무척 맛있었다. ↵

😺 이 글을 읽으면 내가 노력해서 시합에 이겼다는 것을 쉽게 알 수 있구나. 잘 썼네.

🐱 3점 슛 연습은 며칠 정도 했지?

😺 이틀 정도?

🐱 역시 운이 좋았군.

정말로 쓰고 싶은 내용을 알맞은 표현으로 이해하기 쉽게 쓰자.

도서 상품권을 보내 주셔서 감사합니다.
중학생이 되니 공부할 것이 늘어나서 참고
서가 많이 필요해요.
보내 주신 도서 상품권은 참고서를 살 때 쓰
겠습니다.

🐱 응, 이 편지를 받으면 이모님도
선물하길 잘했다고 생각하실 거야.

문장을 짧게 쓰기만 해도 읽기 쉬운 글이 된다

이해하기 어려운 글은 짧게 줄이기만 해도 좋아진다.

긴 문장을 짧게 나누자

긴 문장을 짧게 줄이면 이해하기 쉬워진다.

문장이 길어지면, 글쓴이가 무엇을 말하고 싶은지 이해하기 어렵다.

오늘은 체육 시간에 농구 시합을 했고, 우리 팀은 네 경기 ~~다.~~
에서 2승 1무 1패를 기록했는데 첫 번째 시합은 농구부원 ~~다.~~
이 있는 팀과 맞붙어서 이기지 못했고, 두 번째 시합은 ~~다. 하지만~~
상대 팀에 농구부원은 없었지만, 운동 신경이 좋은 선수 ~~다.~~
가 많아서 비겼으며, 세 번째와 네 번째 경기에서 이긴
것은 상대 팀이 실수를 했고, 내가 던진 3점 슛이 들어갔 ~~이다.~~ ~~한다. 하지만~~
기 때문인데, 모두 운이 좋았다고 하지만, 내가 방과 후
에 3점 슛 연습을 했다는 사실은 아무도 모른다.

길어...

130

쉼표를 사용하면 긴 문장을 쓸 수 있지만 읽기 어렵다.
쉼표를 마침표로 바꾸고 어미를 다듬으면
짧은 문장으로 고칠 수 있다.

오늘은 체육 시간에 농구 시합을 했다. 우리 팀은 네 경기에서 2승 1무 1패를 기록했다.

첫 번째 시합은 농구부원이 있는 팀과 맞붙어서 이기지 못했다.

두 번째 시합은 상대 팀에 농구부원은 없었다. 하지만 운동 신경이 좋은 선수가 많아서 비겼다.

세 번째와 네 번째 경기에서 이긴 것은 상대 팀이 실수를 했고, 내가 던진 3점 슛이 들어갔기 때문이다.

모두 운이 좋았다고 한다. 하지만 내가 방과 후에 3점 슛 연습을 했다는 사실은 아무도 모른다.

어려운 글을 읽을 수 있게 되면
의미 전달 능력도 높아진다

역사 속 인간들은 답을 알고 있다!

바보의 세계 _ 한 권으로 읽는 인류의 오류사

어리석음의 지분은 늘 악의 지분보다 컸다

장프랑수아 마르미옹 엮음 | 박효은 옮김 | 22,000원

인간의 흑역사 _ 인간의 욕심은 끝이 없고 똑같은 실수를 반복한다

인간, 그 화려한 실패의 역사

톰 필립스 지음 | 홍한결 옮김 | 14,800원

진실의 흑역사 _ 인간은 입만 열면 거짓말을 한다

진실한 미래에 다가가기 위해 알아야 할
모든 거짓의 역사

톰 필립스 지음 | 홍한결 옮김 | 15,800원

총보다 강한 실 _ 실은 어떻게 역사를 움직였나

총보다 강하고, 균보다 끈질기며,
쇠보다 오래된 실의 역사

카시아 세인트 클레어 지음 | 안진이 옮김 | 17,800원

컬러의 말 _ 모든 색에는 이름이 있다

우리가 몰랐던 75가지 색의 이름들

카시아 세인트 클레어 지음 | 이용재 옮김 | 15,800원

willbooks@naver.com | 031.955.3777

트렌드를 만드는 윌북의 책들

필로소피 랩 _ 내 삶을 바꾸는 오늘의 철학 연구소

옥스퍼드 대학 철학 교수가 알려주는
맞춤형 철학 솔루션

조니 톰슨 지음 | 최다인 옮김 | 16,800원

어른의 문답법 _ 개싸움을 지적 토론의 장으로 만드는

철학, 논리학, 인식론에 기반한 어른을 위한
가장 지적인 대화법 강의

피터 버고지언, 제임스 린지 지음 | 홍한결 옮김 | 16,800원

신의 화살 _ 작은 바이러스는 어떻게 우리의 모든 것을 바꿨는가

신이 겨눈 전염병의 화살,
그 화살이 인류에게 던지는 가장 중요한 질문들

니컬러스 A. 크리스타키스 지음 | 홍한결 옮김 | 19,800원

본능의 과학 _ 왜 우리는 결정적인 순간에 어리석은 선택을 할까?

진화생물학자가 알려주는
일과 삶을 주도하는 확실한 기술

레베카 하이스 지음 | 장혜인 옮김 | 15,800원

킨포크 가든 _ 자연의 기쁨을 삶에 들이는 시간

킨포크가 만난 전 세계 정원의 다채로운 표정들

존 번스 지음 | 오경아 옮김 | 33,000원

willbooks@naver.com | 031.955.3777

아까부터 망설이고 있다.

눈앞에 컵우동과 컵볶음면이 있다. 간식으로 뭘 먹을까?

그것이 문제로다.

"눈 감고 아무거나 고르지 그래?"

스노볼이 하품을 하면서 제안했다.

"바보 같은 소리! 이 중요한 문제를 그렇게 대충 결정할 수는 없어!"

스노볼에게 큰소리를 치고 생각했다.

국물 맛이 끝내주는 컵우동에는 큰 유부 튀김이 들어 있다. 소스로 매콤한 맛을 내는 컵볶음면은 입맛을 돌게 한다.

지금 내 배는 무엇을 원하는가?

우동 국물인가, 매콤한 소스인가?

곰곰이 생각한 끝에 나는 컵우동으로 손을 뻗었다.

그 순간 스노볼이 외쳤다.

"컵라면도 있잖아!"

내 손이 멈췄다.

머릿속에서 우동과 볶음면, 라면이 빙글빙글 돌아간다.

아, 도저히 못 고르겠다.

🐱 컵우동만 있었다면 고민할 일도 없었을 텐데. 우동과 볶음면이 함께 있어서 복잡해진 거야.

😊 네가 라면 얘기를 꺼내서 더 복잡하게 만들었거든?

🐱 마찬가지로, 주어가 여러 개거나 주어와 서술어의 관계를 알지 못하면 문장의 의미를 파악할 수 없지.

😊 이번에는 글쓰기 이야기로 연결시키는 방법이 너무 억지스럽군.

🐱 그래서 네게 시험 문제를 내려고.

😊 시험?

🐱 간단한 질문이야.

Ⓐ 흥선 대원군은 1871년 강화도에서 미군을 몰아내고, 신하들에게 명해 척화비를 세우게 했다.

Ⓑ 1871년 미군이 강화도에서 물러나자, 신하들은 흥선 대원군에게 척화비를 세우자고 했다.

🐱 Ⓐ와 Ⓑ의 문장이 나타내는 내용이 같을까, 다를까?

😊 다르지.

🐱 흠……. 그럼 다음 문제!

불교는 동남아시아, 동아시아로, 그리스도교는 유럽, 남북아메리카, 오세아니아로, 이슬람교는 북아프리카, 서아시아, 중앙아시아, 동남아

시아로 주로 전파되었다.

🐱 오세아니아에 널리 퍼진 종교는?

🙂 그리스도교지.

첫 문제에서 정답을 맞힌 중학생은 약 57퍼센트였고, 다음 문제에서 정답을 맞힌 중학생은 62퍼센트였다.

의외로 정답률이 낮다. 쓰는 사람은 모든 사람이 의미를 제대로 이해할 거라고 생각하면서 글을 쓴다. 하지만 실제로는 그렇지 않다.

🐱 네가 두 문제 모두 맞혀서 일단 안심이야.

🙂 안심이라니. 별로 어려운 문제도 아닌데.

🐱 네가 어렵지 않다고 생각한 건 나와 함께 훈련을 해서 글을 읽고 쓰는 데 익숙해졌기 때문이야. 실제로 첫 문제를 맞힌 중학생은 거의 절반밖에 안 됐고, 다음 문제는 열 명 중에서 여섯 명 정도밖에 못 맞혔거든.

🙂 어른들이 자주 말하는 것처럼 아이들이 책을 많이 안 읽어서 그럴까?

🐱 그렇기도 하지. 하지만 나는 '활자 기피 현상' 때문이라고 생각해.

🙂 활자 기피 현상?

🐱 응. 활자 매체를 읽는 데 익숙하지 않은 거지. 그래서 이런

긴 문장을 읽고 의미를 파악하지 못하는 거야.

😺 긴 문장이라니. 100자도 안 되는데 길다고?

🐱 운동을 전혀 안 하는 사람에게는 100미터 달리기도 마라톤처럼 느껴지는 법이지.

😺 …….

🐱 이건 중학생만의 문제가 아니야. 어른들도 어색한 문장을 쓰는 사람이 늘고 있어. 실제로 예전 내 집사였던 동화 작…….

😺 그런데 왜 나한테 문제를 낸 거야?

🐱 네가 이해하기 쉬운 문장을 쓸 수 있게 하려고 지금까지 널 훈련시켰어. 하지만 훈련이 정말로 도움이 되었는지 약간 불안해졌거든.

😺 무슨 말이야?

부드러운 음식만 먹으면 씹는 능력이 약해진다.

자동차만 타고 다니면 다리 힘이 약해진다.

깊이 생각하지 않고 쉬운 문제만 풀면, 어려운 문제를 풀 수 없다.

🐱 이해하기 쉬운 글만 접하면 어려운 글을 이해하지 못하게 돼. 가끔은 어려운 글을 읽으며 독해력을 다져야지.

😺 어떻게 하면 어려운 글을 읽는 데 익숙해질까?

🐱 우선 읽기 쉬운 문장을 많이 읽는 것부터 시작하는 게 좋아.

😺 그럼 초등학생용 책을 읽을까?

🐱 그렇지. 그림책도 좋아. 그림책도 재미있는 게 많거든. 하지만 읽기 쉬운 글만 읽다 보면 얼마 못 가 싫증이 날 거야.

독해력을 키우려면 우선 쉬운 글부터 읽기 시작하자.

🐱 그건 그렇고, 내 간식은?

😺 아, 맞다! 항상 먹던 '츄르냐옹' 말고 신제품인 '맛있다옹'도 있는데, 뭘 먹을래?

🐱 …….

😺 어이, 스노볼! 고민하는 거야? 꼼짝도 안 하네.

🐱 …….

😺 내일 간식 시간 전까지는 꼭 결정해!

문장을 잘게 나누면 어려운 문장도 술술 읽힌다

어려운 글을 읽는 비법.

'언제, 어디서, 누가, 무엇을, 어떻게, -했다'
여섯 가지 요소에 주목하자

> ✕ 내 방에서 츄르냐옹.
>
> 츄르냐옹을 어떻게 했다는 것인지 알 수 없다.

> ✕ 츄르냐옹을 먹었다.
>
> 누가 먹었는지 알 수 없다.

네가 먹었냐?

이런 문장은 글을 쓴 다람이 츄르냐옹을 먹었다고 이해된다.

> ○ 스노볼이 츄르냐옹을 먹었다.
>
> ○ 내 방에서 스노볼이 츄르냐옹을 먹었다.
>
> ○ 저녁을 먹은 후 스노볼이 내 방에서
> 츄르냐옹을 먹었다.

길고 이해하기 어려운 글이 나오면 짧게 다듬자

여섯 가지 요소에 주목해서 알기 쉽게 고쳐 쓴다.

불교는 동남아시아, 동아시아로, 그리스도교는 유럽, 남북아메리카, 오세아니아로, 이슬람교는 북아프리카, 서아시아, 중앙아시아, 동남아시아로 주로 전파되었다.

이 문장은 '무엇이'가 여러 개 있고,
'-했다'는 하나뿐이다.

의미를 파악하기 어려운 글이
나오면 짧게 다듬자.

준비물
가위
풀

• 불교는 동남아시아, 동아시아로 전파되었다.

• 그리스도교는 유럽, 남북아메리카, 오세아니아로
전파되었다.

• 이슬람교는 북아프리카, 서아시아, 중앙아시아, 동남아시아로
전파되었다.

적당히 찍으면 안 된다!
쉼표 하나로
문장의 뜻이 달라진다

"오늘 학교에서 이상한 일이 있었어.

수업이 끝나고 선우에게 자전거를 빌리기로 약속했는데, 그 녀석이 좀처럼 약속 장소에 나타나지 않는 거야. 그래서 녀석의 책상에 가 봤더니 쪽지가 놓여 있더군.

> 다람아, 미안!
> 나는 자전거를 타고 서점에 간 정아를 뒤쫓아 갈 거야.

선우가 자전거를 탄다니 어쩔 수 없다고 생각하고 자전거를 빌리려던 계획을 포기했어. 그런데 자전거 보관소에 갔더니 녀석의 자전거가 떡하니 놓여 있지 뭐야.

이 수수께끼를 풀 수 있겠어?"
"아주 간단한 추리군."
어디서 났는지 명탐정 셜록 홈스 같은 옷을 입은 스노볼이 수수께끼의 해답을 설명하기 시작했다.
"그러니까 말이지."

🐱　선우가 자전거를 타고 서점에 간 정아를 만나러 갔다. 그런데 자전거 보관소에 선우의 자전거가 놓여 있다. 이 수수께끼를 풀어 달라는 거지?

😊　응, 맞아. 풀 수 있겠어?

🐱　너무 쉬운 문제라 하품이 나는군. 우선 다음 문장을 읽고 비교해 봐.

> 🅐 나는, 자전거를 타고 서점에 간 정아를 뒤쫓아 갈 거야.
> 🅑 나는 자전거를 타고, 서점에 간 정아를 뒤쫓아 갈 거야.

> 🅐 문장에서는 자전거를 탄 사람이 정아고, 🅑 문장에서는 선우다.

🐱　넌 쪽지를 읽고 🅑의 의미로 이해했지. 하지만 선우는 🅐의 의미로 쓴 거야. 더 설명 안 해도 알겠지?

😊　응. 한마디로 쉼표를 찍지 않은 선우가 잘못했네.

쉼표의 위치는 매우 중요하다.
쉼표를 어디에 찍느냐에 따라 문장의 의미가 달라진다.

😊　그러고 보니 선우가 정아에게 "다음에 영화 보러 갈 건데 같이 갈래?" 하고 물었대. 정아가 "괜찮아"라고 대답했다면서 선우는 엄청 기뻐했지만, 나는 왠지 안 좋은 예감이 들어.

🐱 왜?

😊 선우의 권유를 정아가 수락한 것 같지 않거든.

🐱 네 말이 맞아.

😊 어떻게 된 거지? 정아는 분명히 '괜찮아'라고 말했잖아.

🐱 자, 그럼 내 말을 들어 봐. 다람아, 어깨 결리지 않아? 주물러 줄까?

😊 괜찮아. 나는 젊어서 어깨 같은 거 결리지 않아.

🐱 지금 넌 '괜찮아'라고 말했어.

😊 그건 '필요 없다'라는 뜻이었어.

🐱 정아가 '괜찮아'라고 말한 것도 그런 의미가 아니었을까?

😊 …….

🐱 '괜찮다'라는 말의 의미는 상황에 따라 달라지거든. 선우가 긴장해서 정아의 말뜻을 정확히 알아듣지 못한 것 같아.

대화를 나눌 때는 쉽게 이해할 수 있는 말도 문자로 읽을 때는 정확한 의미를 알기 어려운 경우가 있다.

😊 글쓰기란 참 어렵구나. 읽는 사람이 의미를 어떻게 받아들일지도 생각하면서 써야 하니까.

😊 최근에 선우가 영 기운이 없더라고.

🐱 정아랑 영화를 못 봐서 그런가?

😊 맞아. 그 뒤로 정아한테 "영화는 보러 갈 수 없어" 하고 거절 당했대.

😺 흠.

😊 친구로서 어떻게든 기운을 좀 북돋워 주고 싶은데 말이야.

😺 그럼 이렇게 말해 봐. "영화 말고 다른 걸 권하면 정아가 좋다고 할지도 몰라. 파이팅!"

😊 왜?

😺 정아가 '영화는 보러 갈 수 없어'라고 말했다며? 극장에 가기 힘든 특별한 이유가 있을지도 몰라. 그러니까 영화 말고 다른 걸 권해 보라고 해.

😊 알았어. 선우한테 그렇게 말해 볼게.

글을 쓰는 사람은 글의 의미가 읽는 사람에게 제대로 전해질지 항상 의식해야 한다.

'문장은 쉽게 쓰는 게 좋아.'

이 말은 '이해하기 쉽게 써야 좋다'라는 뜻도 되고, '이해하기 쉽게 썼다면 좋았을 텐데' 하는 의미로도 쓸 수 있다.

😊 스노볼, 배 나왔어.

😺 실례로군. 친한 사이라도 예의를 지켜야 한다는 말 몰라?

😊 아니, 망토 사이로 네 배가 보인다는 뜻인데.

😺 그래? 오해했다면 미안!

😊 살쪄서 배가 나온 것도 사실이지만.

🐱 …….

의미를 바꾸는 한 글자를 놓치지 말자

글은 사소한 차이로도 의미가 달라진다.

쉼표의 위치에 따라서도 문장의 의미가 달라진다

🅐 문장에서는 자전거를 탄 사람이 정아고, 🅑 문장에서는 선우다.

🅐

나는, 자전거를 타고 서점에 간 정아를 뒤쫓아 갈 거야.

🅑

나는 자전거를 타고, 서점에 간 정아를 뒤쫓아 갈 거야.

문장 전체의 의미를 생각하면 쉼표를 어디에 찍어야 하는지 알 수 있다.
작은 차이로 전달되는 내용이 달라지므로 주의해야 한다.

어느 쪽이든 큰일 났네!

한 글자로도 문장의 의미가 달라진다

이 두 문장의 차이는 무엇일까.

거실에 스노볼이 있다.

거실에 스노볼도 있다.

두 문장의 차이를 알겠어?

위 문장은 스노볼이 거실에 있다는 뜻이고, 아래 문장은 거실에 스노볼 말고 다른 사람도 있다는 뜻이야.

나는 콜라를 좋아한다.

나는 콜라는 좋아한다.

'콜라는 좋아한다'라고 쓰면 많은 음료 가운데 한 가지인 콜라를 좋아한다는 뜻이다. '콜라를 좋아한다'라고 쓰면 '좋아한다'라는 사실을 더 강조할 수 있다.

문장의 개성은
기본을 지키면
자연스럽게 드러난다

"아직 면을 넣으면 안 돼! 물이 다 안 끓었잖아!"

부엌에서 라면을 끓이고 있는데 스노볼이 멀리서 달려오더니 외쳤다.

"상관없어!"

"안 된다니까. 봐, '물 500밀리리터를 끓인 뒤에 면을 넣어 풀어 주면서 3분간 삶으시오'라고 쓰여 있잖아."

스노볼이 라면 봉지에 적힌 조리법을 발톱으로 톡톡 두드리며 말했다.

나는 스노볼을 무시하고 아직 물이 끓지 않은 냄비 속에 면을 집어넣었다. 그리고 분말 스프를 넣으려는데, 스노볼이 발톱으로 내 팔을 할퀴었다.

"조리법 좀 똑똑히 읽어! '불을 끈 뒤 분말 스프를 넣고 섞는다'라고 쓰여 있잖아. 왜 면이 아직 다 익지도 않았는데 스프를 넣는 거야?"

"아프잖아! 라면은 아무렇게나 끓여도 된다니까 그러네."

스노볼이 달려들었다.

"안 돼! 꼭 쓰여 있는 대로 끓여야 해!"

"괜찮다니까! 이게 내 방식이거든?"

라면을 끓이고 있는데 스노볼이 나를 할퀴었다. 내가 봉지에 적힌 조리법을 무시했기 때문이다. 어떻게 끓이든 결국에는 라면이 완성될 테고, 중간에 분말 스프를 넣는 것이 내 방식이다. 다시 말해 이 조리법은 나의 개성! 개성을 인정해 주면 좋겠다. 그러고 보니 스노볼이 가르쳐 준 글쓰기는 기본적인 내용뿐이다. 내 개성이 글에 드러나지 않는 것 같다. 개성이 더욱 잘 드러나는 글쓰기 방법을 배우고 싶다.

🐱 좋아. 오늘부터 할 훈련은 개성적인 글을 쓰는 방법이야.

😀 아싸!

🐱 중요한 사항을 쭉 정리했으니까 큰 소리로 읽어 보도록!

- 문장은 짧게 쓴다(원고지 세 줄 이내).
- 쉼표는 의미가 잘 전달되도록 찍을 위치를 생각한다.
- 보기 좋은 글을 쓴다.
- 원고지 사용법을 주의한다.
- 문장의 종결 어미를 통일한다.
- 단락을 의식해서 행갈이를 한다.
- 어려운 한자어를 남발하지 않는다.
- 다 쓴 뒤에 다시 읽어 본다.

😊 이건 개성적이라기보다는 글쓰기의 기본 아냐?

🐱 맞아.

개성 있는 글을 쓰려면 우선 글쓰기의 기본을 익혀야 한다.
기본을 제대로 갖추어야 개성도 생긴다.

😊 개성 있는 글쓰기 방법을 가르쳐 준다며?

🐱 넌 '개성 있다'라는 의미를 착각하고 있어.

😊 무슨 뜻이야?

🐱 기본을 제대로 익혀야 개성을 말할 수 있는 거야. 기본대로 해도 저절로 배어 나오는 게 개성이거든. 기본도 모르는 사람이 보여 주는 건 '개성'이 아니라 그냥 '엉망'이지.

😊 …….

🐱 기본적인 문장도 못 쓰는 사람이 멋대로 글을 쓰고는 '내 개성이 가득한 글이다!'라고 주장한다고 하자. 그 글은 '읽기 힘들고 독선적인 엉터리 글'일 뿐이야.

😊 하지만 글쓰기를 배우지 않아도 대단한 글을 쓰는 사람이 있잖아.

🐱 물론 있지. 하지만 그런 사람은 천재야. 너처럼 평범한 사람이 아니라고.

😊 …….

🐱 예전에 읽은 책에 쓰여 있던 말을 알려 주지.

천재는 자연이 만든다.

수재는 사람이 만든다.

🐱 그리고 또 하나! 조리법을 무시해도 결국 라면은 완성된다고 일기에 썼더군. 물론 그렇겠지만 맛이 전혀 달라.

😊 말도 안 돼.

🐱 물이 끓기도 전에 면을 넣으면 면이 불어서 맛이 떨어지거든. 그리고 불을 끈 뒤에 분말 스프를 넣는 건, 스프의 풍미가 날아가는 걸 막기 위해서야. 못 믿겠으면 조리법대로 다시 끓여 봐.

기본에는 중요한 의미가 있다.

무시할 수 없는 의미가 들어 있기 때문에 기본인 것이다.

😊 과연 네 말대로야. 조리법대로 끓인 라면이 훨씬 맛있어.

🐱 거기서 더 응용할 수 있다면 그건 네 개성이지.

😊 그렇구나.

🐱 라면 좀 덜어 줘.

😊 고양이가 라면을 먹어도 돼?

🐱 원래는 안 되지. 하지만 네가 기본을 잘 지켜서 끓인 라면을 먹어 보고 싶어.

😊 조금만이야.

🐱 잠깐! 사료 접시에 담기 전에 물에 헹궈서 염분을 빼 줘. 고

양이에게 염분은 안 좋거든. 그리고 난 뜨거운 걸 못 먹으니까 충분히 식혀 줘.

🐱 그럴 거면 왜 조리법대로 만들라고 했어?

후루룩

'독서'로 다양한 표현을 훈련하자

같은 내용을 전달하는 데도 여러 가지 표현이 있다.

'I LOVE YOU'를 개성 있게 표현해 보자

넌 어떤 말로 표현할래?

'나는 당신을 사랑합니다' 정도?

'I LOVE YOU'를 표현한 유명한 말이야.

나쓰메 소세키, "달이 예쁘군요."

조금 단계를 높여 《문체 연습》을 읽어본다

프랑스 작가가 쓴 책으로 하나의 사건을 99가지 문체로 구분해서 썼다.

레몽 크노, 《문체 연습》, 문학동네, 2020

국내 문학 작품을 읽으며 작가들의 표현력을 습득한다

국내 소설과 시를 두루 읽어 보자. 작가와 작품, 작품 속 상황에 따라 문체가 어떻게 변화하는지 주의 깊게 살펴보고, 마음에 드는 작가를 찾아보자.

작가들의 문체가 정말 다양하지?

표현력 좋은 사람이
남몰래 하는 일 ⑩

'헐!' '대박!' 대신
어휘력을 높이자

미술 숙제를 하는데 붓을 든 팔이 갑자기 무거워지면서 뚝 떨어졌다.

깜짝 놀라서 보니 스노볼이 내 팔에 매달려 있는 게 아닌가.

"방해하지 마, 스노볼!"

"너야말로 나한테 밥 주는 것도 잊어버리고 뭘 하는 거야?"

"창밖 풍경을 그려 오라는 미술 숙제야. 거의 끝나 가니까 조금만 기다려."

"내가 도와줄까? '백지장도 맞들면 낫다'라는 속담도 있잖아."

스노볼이 팔레트에 앞발을 대고 물감을 묻혔다. 대체 뭘 하려는 거지?

"내가 색칠해 줄게."

"잠깐 기다려! 고양이가 어떻게 색칠을 한다는 거야!"

그림에 발을 대려는 스노볼의 겨드랑이 밑으로 양손을 넣어 잡아당겼다. 스노볼이 빠져나가려고 버둥거리자 붓이 날아가고 물감이 사방으로 튀었다.

그림은 겨우 지켰지만, 물감 때문에 방 안이 온통 알록달록해졌다.

"어쩌면 좋아. 물감이 다 없어졌잖아! 흰색과 검은색밖에 안 남았어. 이제 색칠하기는 다 틀렸어."

"그렇군. 네 글의 약점을 알겠어."

🐱 지금은 그림을 그리고 있잖아. 왜 뜬금없이 글쓰기 이야기를 하는데?

🐈‍⬛ 그림 그릴 때가 아니야. 넌 내 훈련 덕분에 글쓰기 방법을 익혔어. 하지만 뭔가 약하다고 생각했거든. 드디어 그 원인을 찾았어.

🐱 아니, 그림을 그려야 한다니까.

🐈‍⬛ 네 약점은 어휘 부족이야!

🐱 어휘가 뭐야?

어휘는 그 사람이 사용하는 단어를 뜻한다.

하고 싶은 말이 있어도 아는 어휘가 적으면 제대로 표현할 수 없다.

🐈‍⬛ 붕어빵 좀 먹어 봐. 줄이 항상 길게 늘어서 있는 붕어빵 가게에서 사 왔어. 자, 맛이 어때?

🐱 헐! 대박 맛있어!

🐈‍⬛ 그러고 보니 어제 텔레비전에서 방탄소년단 콘서트를 보여 줬잖아.

🐱 봤지. 완전 대박이었어.

🐈‍⬛ 어라? 그림 숙제는 안 해도 되는 거야?

🐱 아, 헐. 대박.

🐈‍⬛ 지금 네가 말한 '헐' '대박'은 다 똑같은 뜻이었어?

요즘 '헐' '대박' 같은 감탄사에 다양한 의미를 담아 쓴다.

'맛있다' '멋있다' 같은 긍정적인 의미나 '몸이 안 좋다' 같은 부정적인 의미까지도 이런 감탄사로 표현한다.

'귀엽다'나 '귀엽지 않다'도 이런 감탄사 한마디로 끝내는 것은 정말로 '헐!'이다.

😺 하지만 그 한마디로 대화가 이루어지다니 굉장하지 않아?

🐈‍⬛ 상대를 보면서 대화할 때야 어떤 의미로 '헐'을 썼는지 구분할 수 있어 다행이지만, SNS나 메일에서는 상대의 모습을 살필 수 없어. 그럴 때 이런 감탄사로만 표현하는 건 그야말로 '헐!' 하고 당황할 일 아니겠어?

😺 어떻게 해야 어휘력을 기를 수 있을까?

어휘력을 높이려면 책과 신문을 읽거나 텔레비전이나 라디오 같은 대중 매체를 접하면 좋다. 또한 모르는 단어가 나오면 국어사전을 찾아보는 습관을 들인다. '헐!'이나 '대박!'처럼 단순한 감탄사는 되도록 쓰지 말자.

🐈‍⬛ 예전에도 말했듯이 글을 쓸 때는 국어사전이나 유의어 사전을 옆에 두는 게 좋아. 유의어 사전은 뜻이 서로 비슷한 단어들을 담은 사전이야.

🐱 그래서 미술 숙제는 어떻게 됐어?

😊 칭찬받았어.

🐱 대단한데! 검은색과 흰색 물감만 남았는데도 용케 다 그렸구나?

😊 머리를 썼지. 흰색과 검은색을 다양하게 섞어서 수묵화처럼 그렸거든.

🐱 발상이 좋았군.

😊 그런 식으로 적은 어휘라도 조합하면 어떻게 안 될까?

🐱 응. 안 돼.

흐음

어휘력을 늘리는 데는 의외로 텔레비전이 효과적이다

머릿속에 많은 단어를 저장해 두자.

아는 어휘를 늘린다

- 책이나 신문을 읽는다.
- 텔레비전, 라디오 등 다양한 대중 매체를 접한다.
- 모르는 단어가 나오면 조사하는 습관을 들인다.
- '헐!' '대박!'처럼 지나치게 편리한 감탄사는 되도록 쓰지 않는다.

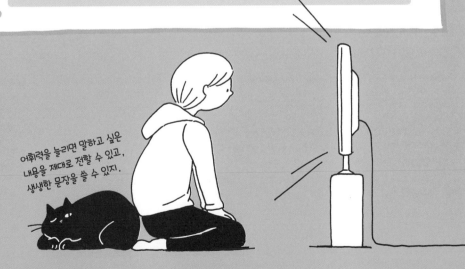

어휘력을 늘리면 말하고 싶은 내용을 제대로 전할 수 있고, 생생한 문장을 쓸 수 있지.

하고 싶은 말을 정확하게 전달할 수 있는 단어를 찾자

기쁨

'기쁜 감정'을 나타내는 데도
다양한 표현이 있다.

○ 무척 기쁘다 ○ 기쁘다 ○ 경사스럽다 ○ 즐겁다 ○ 흐뭇하다

○ 기분이 좋다 ○ 흔쾌하다 ○ 상쾌하다 ○ 행복하다

○ 유쾌하다 ○ 희열하다

슬픔

'슬픈 감정'을 나타내는 데도
다양한 표현이 있다.

○ 애달프다 ○ 괴롭다 ○ 마음이 아프다 ○ 서글프다 ○ 서럽다 ○ 비장하다

○ 고통스럽다 ○ 쓰리다 ○ 견딜 수 없다 ○ 가슴이 조이어 온다

○ 애틋하다 ○ 애타다 ○ 안쓰럽다 ○ 원통하다

유의어 사전을 보면
뜻이 서로 비슷한 단어를
찾을 수 있어.

유의어
사전

163

작가가 되기 위한 훈련을
받기 전에…….

나는 지금까지 받은 훈련들을 되돌아 보았다.

"너한테 정말 많은 걸 배웠어."

"그런 감사 인사보다 츄르냐옹 선물 세트가 좋은데."

스노볼의 말을 무시하고 크게 기지개를 켰다.

"이만큼 훈련을 했으니 나도 이제 실력이 꽤 있는 거지?"

스노볼이 수염을 축 늘어뜨리고 어이없다는 표정을 지었다.

"좀 배웠다고 그렇게까지 자부심을 가질 수 있다니 대단하군. 글쓰기란 그렇게 쉬운 일이 아니야. 지금까지 받은 훈련을 앞으로 계속해야 겨우 실력을 갖추게 되는 거라고. 평범하고 지루한 훈련일지 몰라도 날마다 싫증 내지 않고 해야……."

스노볼의 잔소리를 무시하고 내 꿈을 말했다.

"이 기세로 열심히 하면 소설가가 될 수 있을까?"

"물론이지."

스노볼이 시원하게 대답했다.

"소설가야 누구나 될 수 있지."

"그렇다면 나도 소설가가 될 거야!"

"말을 끝까지 들어. 소설가는 누구라도 될 수 있어. 하지만 소설만 써서 먹고살기란 무척 어려운 일이야.”

“내가 그런 수준까지 가는 건 무리일까?”

스노볼이 한숨을 쉬었다.

“뭐, 내가 가르쳐 주면 될 수도 있지. 하지만 한 가지만 말해 둘게.”

스노볼의 눈이 예리하게 빛났다.

“지금부터 할 훈련은 평범한 글쓰기 훈련이 아니야. 프로 작가가 되기 위한 수행이지.”

“내 예전 집사였던 동화 작가는 초등학교 4학년 때 나와 만났어. 어릴 때부터 책만 읽는 소년이었는데 딱 거기까지였지. 하지만 내게 훈련을 받는 동안 차츰 글을 잘 쓰게 되었고, 신기하게도 지금은 작가라는 직업만으로 생활하고 있어.”

“……”

“다 내 덕분이지.”

“그럼 나도 훈련을 받으면 소설가가 될 수 있어?”

스노볼이 한쪽 눈을 감았다. 아무래도 윙크를 하려던 것 같은데 우는지 웃는지 알 수 없는 오묘한 표정으로 보였다.

“약속하지.”

3

누구라도 소설 한 편을
쓸 수 있는 방법

소설을 쓰는 데 필요한
'단 한 가지 요소'는?

"먼저 말해 두겠는데, 소설은 누구나 쓸 수 있다는 걸 잊지 마."

스노볼의 말에 나도 모르게 대답했다.

"거짓말!"

"정말이야. 해 볼까?"

스노볼은 내가 농구 시합한 날 쓴 일기를 꺼내 들었다.

"주인공을 고다람에서 강백호로, 그리고 상황을 체육 시간에서 지역 대회로 바꿔 보는 거야."

"그렇게 하면 일기가 소설처럼 돼?"

> 농구 지역 대회 예선전이 열렸다. 강백호가 소속된 농구 팀은 현재 1승 1무 1패를 기록하고 있다. 이 시합에서 이기면 결승전에 진출할 수 있을지도 모른다. 시합을 승리로 이끈 결정타는 강백호가 던진 3점 슛이었다. 팀원들은 운이 좋았던 거라고 말한다. 하지만 그들은 강백호가 혼자서 몰래 3점 슛 연습을 했다는 사실을 알지 못한다.

오오, 역시 스노볼이 말한 대로다. 하지만······.

"이 소설은 재미도 없고, 뒷이야기가 궁금하지도 않은걸."

스노볼이 한쪽 눈을 감았다. 윙크를 하고 싶었던 모양이다.

"그건 이제부터 가르쳐 줄게."

🐱 소설을 쓰는 데 가장 중요한 게 뭐라고 생각해?

😊 당연히 문장력이지.

🐱 틀렸어.

😊 그럼 사물을 보는 시각이나 관찰력?

🐱 틀렸어.

😊 알았다! 어휘력이다.

🐱 아쉽지만 땡!

😊 지금 말한 건 모두 너한테 배운 거야. 근데 전부 틀렸다고?

🐱 지금까지 가르쳐 준 건 글을 쓰는데 필요한 기본적인 훈련이었어. 이제부터는 소설을 쓰기 위한 훈련을 할 거야. 당연히 내용이 같을 리 없잖아.

😊 작문과 소설은 다른 거야?

🐱 비슷한 듯하면서 달라. 넌 스스로 글쓰기를 하려고 생각해 본 적이 있어?

😊 당연히 없지.

🐱 하지만 소설은 쓰고 싶은 거야?

😊 응.

🐱 바로 그 점이야. 작문을 하지 않으면 선생님께 혼나기도 하지. 하지만 소설은 쓰지 않아도 아무도 야단치지 않아. 그런데 왜 소설을 쓰고 싶은 걸까? 한마디로, 소설은 스스로 쓰고 싶어 하는 마음에서 시작하는 거야.

소설을 쓰는 데 가장 중요한 것은 누가 뭐래도 쓰고 싶다는 강한 열망이다.

쓰고 싶다는 마음이 없으면 원고지 몇백 장을 글자로 메우는 작업을 할 수 없다.

🐱 그래서 넌 어떤 이야기를 쓰고 싶어?

😊 그게 문제야. 소설을 쓰고 싶은 마음은 있는데, 뭘 써야 좋을지 모르겠어.

🐱 널 처음 만났을 때가 떠오르네. '중학교 2학년이 된 포부'를 써야 하는데 뭘 어떻게 써야 할지 몰라 고민했잖아.

😊 맞아! 그때처럼 안테나를 높이면 되겠구나.

정말로 쓰고 싶은 소재가 떠오르지 않는가?
그럴 때는 안테나의 방향을 바꿔 보자.
나는 왜 소설을 쓰고 싶은 걸까?
그 점을 생각해 보자.

🐱 그리고 작문과 다른 게 또 있어.

😊 뭔데?

🐱 작문과 달리, 소설은 쓰고 싶은 소재를 찾지 못하면 쓰지 않아도 돼.

😊 전에는 '계속 글쓰기를 피할 수는 없다'고 않았어?

🐱 소설은 작문과 달라. 아까도 말했지만, 소설을 쓸 때는 누가 뭐래도 쓰고 싶다는 열망이 있지. 물론 마감일이 다가오면 그렇게 말할 수 없겠지만, 쓰고 싶은 소재가 없다면 쓰지 않는 편이 좋아. 억지로 쓴 소설이 재미있겠어?

😊 강한 열망이 필요하다는 건 알겠어. 하지만 쓰고 싶은 소재를 찾아내는 방법을 더 구체적으로 알려 줘.

🐱 마음이 움직였을 때. 거기에 네가 쓰고 싶은 게 있어.

😊 잠깐! 마음이 움직인다는 게 뭐야? 자세히 설명해 봐.

마음이 움직인다는 것은 감동을 넘어선 감동을 뜻한다.
마음이 움직이면 '이 감정을 다른 사람에게 알리고 싶다. 누군가에게 전하고 싶다!' 하는 강한 열망이 생긴다.

😊 어떻게 하면 마음이 움직이지?

🐱 책을 많이 읽고, 훌륭한 예술 작품을 자주 접하는 거야. 그리고 주변 사람들이나 풍경을 관찰하며 새로운 발견을 하는 거지. 당장은 무리겠지만 계속하다 보면 감각이 섬세하게 살아나 마음이 움직이게 될 거야.

😊 정말 그럴까?

🐱 길에 떨어져 있는 돌멩이를 예로 들어 보지.

😊 돌멩이?

🐱 우리는 돌멩이를 무심하게 지나치잖아. 하지만 생각해 봐.

땅속에는 무수히 많은 돌이 가득 차 있어. 그 돌들은 햇빛을 받지 못해. 그렇게 생각하면 땅 위를 구르며 우리 눈에 띄는 돌멩이는 돌멩이들 중 엘리트라고 할 수 있지 않을까?

그 이야기에는 마음이 전혀 움직이지 않는데…….

많은 사람을 만나 이야기를 듣는다.

자신과 다른 의견을 들어 보고 생각한다.

감동적인 경험을 늘려 가면 쓰고 싶은 소재를 찾을 수 있다.

감동을 경험하기 위한 씨앗 뿌리기

쓰고 싶은 소재를 찾아내는 비결이 있다.

다른 사람을 좋아해 보자

친구나 가족, 선생님, 연인 등 누군가를 좋아하거나 존경하면 마음이 움직일 수 있다.

좋아하는 상대와 이야기를 많이 나누어 보자.

소설, 만화, 영화, 드라마를 접한다

소설이나 만화, 영화, 드라마를 많이 보면 그중에서 감동을 주는 작품을 만나게 된다. 그런 작품이 소설을 쓰는 실마리를 던져 준다.

무언가에 열중한다

동아리 활동이든 취미든, 무엇이든 열중할 수 있는 대상을 찾아보자. 몇 시간이나 몰두할 정도로 좋아하는 취미 속에는 마음을 움직일 계기가 숨어 있다.

좋아하는 영화나 드라마의
'감동 포인트'를 찾아보자

WARNING

이제부터 영화 〈로마의 휴일〉 스포일러가 있습니다.
이 영화를 아직 안 보신 분은 이 부분을 건너뛰십시오.
아니, 그보다는 이 영화를 안 보는 것은 인생의 절반을 손해 보는 것과
다름없으니 꼭 보시길 바랍니다.
당신의 마음이 움직일 거라고 장담합니다.

왜 지금까지 이런 명작을 보지 않았을까?

우리는 소파에 앉아 빌려 온 DVD로 영화 〈로마의 휴일〉을 보고 있다. 이렇게 오래된 흑백 영화를 보게 된 까닭은 스노볼에게 이런 말을 들었기 때문이다.

"〈로마의 휴일〉을 아직 안 봤다고? 믿을 수가 없군. 넌 인생의 절반을 손해 본 거야."

스노볼의 말이 맞았다.

나는 팝콘을 먹으며, 스노볼은 츄르냐옹을 핥으며 영화를 즐기고 있다. 어느새 화면이 흑백이라든가 DVD 음질이 나쁘다는 건 조금도 신경 쓰이지 않았다.

재미있다! 그리고 가슴이 설렌다. 화려한 액션 장면도 없고, 최신 기술로 만든 영상도 아니다. 그런데 한순간도 눈을 뗄 수가 없다. 마지막 장면에서는 눈물이 멈추질 않는다.

"어이!"

스노볼이 휴지를 건네줬다. 스노볼도 눈이 촉촉이 젖어 있다.

"넌 이 영화를 지금까지 몇 번이나 봤다면서 그런데도 눈물을 흘리는 거야?"

"몇 번을 봐도 감동적이야."

스노볼이 휴지로 코를 팽 풀었다. 나는 영화가 끝났을 때 결심했다.

"나도 〈로마의 휴일〉 같은 소설을 쓰겠어!"
스노볼이 꽁꽁 뭉친 휴지를 내게 던졌다.

😺　왜 그래! 네가 마음이 움직이면 소설을 쓰라고 했잖아!
🐱　분명히 그렇게 말했지. 네가 〈로마의 휴일〉 같은 소설을 쓰
고 싶어 하는 마음도 잘 알아.
😺　그런데 왜 휴지를 던지냐고!

감동을 받아 마음이 움직였다.
그렇다면 잠깐 멈추고 생각해 보자.
'나는 왜 감동했는가?'
이 답을 찾아보자.

〈로마의 휴일〉 줄거리

　　로마를 방문한 앤 공주는 빡빡하고 숨 막히
는 공식 일정에 지쳐 궁전을 몰래 빠져나오지만, 진
정제를 맞은 탓에 길가 벤치에서 잠들어 버린다. 그
때 신문 기자 조 브래들리가 우연히 앤을 도와주게 되는데, 처음에는 가출한
여인으로만 생각했던 앤이 공주라는 사실을 알게 된다. 조는 특종을
따내려는 속셈으로 앤 공주에게 로마 시내를 안내한다.

　　자신의 정체를 들킨 줄 모르는 앤 공주는 미용실에서 머리를 짧
게 자르기도 하고, 젤라토를 사 먹거나 조와 함께 스쿠터를 타면서
로마 거리를 마음껏 즐긴다.

　　한편 앤 공주가 사라지자 궁전은 발칵 뒤집히고, 급기야 비
밀 요원이 공주를 찾아 나선다.

　　밤에 앤 공주와 조가 유람선 파티에서 춤을 추고 있을
때 비밀 요원이 나타나 강제로 앤을 데려가려고 한다. 가까스
로 도망친 두 사람은 서로에게 끌리고 있다는 사실을 깨닫
는다.

　　하지만 공주와 신문 기자는 신분이 다르다. 조는 앤 공주
를 궁전까지 바래다주고 특종을 포기한다.

　　다음 날 기자 회견장에서 앤 공주는 신문 기자들 사
이에서 조를 발견한다. 한 기자가 가장 인상에 남
은 도시를 묻자 앤 공주는 "모든 곳이 훌륭해
서……"라고 하면서 미리 준비된 대로 대답하지
만, 결국은 "로마입니다"라고 자신의 감정을 솔
직히 밝힌다.

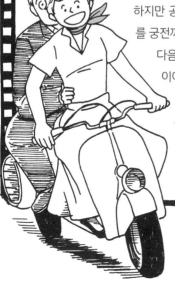

🐱 그래서 넌 어떤 소설을 쓰고 싶은데?

😊 역시 신분이 다른 남녀를 주인공으로 한 로맨스 소설이 좋을 것 같아. 공주와 신문 기자로 하면 〈로마의 휴일〉과 똑같으니까 직업은 바꾸고…….

🐱 그런 생각이라면 쓰지 않는 편이 나아. 졸작이야. 쓰는 시간이 아깝다.

😊 왜 그렇게 생각하는데?

🐱 자신이 어느 부분에 감동했는지도 모르니까. 정말로 연애 부분에 감동한 걸까?

😊 당연하지. 아니, 뭐. 그런 것 같은데…….

🐱 신분이 다른 남녀의 연애 이야기는 지금까지 수없이 봐 왔을 거야. 그런데 그때는 마음이 움직이지 않다가 왜 〈로마의 휴일〉을 보고는 감동한 거지? 다시 한번 잘 생각해 봐.

감동한 작품의 본질적인 부분을 들여다보자.

🐱 궁전을 빠져나온 공주에게 주변 사람들이 휘말리지. 그런 코미디 요소를 재미있게 느끼는 사람도 많아. 자유가 제한된 공주가 로마 시내를 다니며 마음껏 즐기는 모습을 보고 상쾌한 기분이 든다는 사람도 있고. 넌 어떤 점이 인상 깊었어?

😊 머리를 자르는 장면이야!

🐱 미용실에서 말이지?

😊 응. 지금까지 숨 막히는 생활을 하던 공주가 머리를 짧게 자르니까 무척 자유로워 보였거든. 그 모습이 참 좋았어.

🐱 드디어 찾아냈구나.

😊 지금까지 자유가 부족해 괴로워하던 사람이 마침내 자유를 찾았을 때 느끼는 그 기쁨과 해방감. 바로 이런 걸 쓰고 싶었어!

🐱 휴, 네가 쓰고 싶은 주제를 확실히 인식해서 다행이야. 신분 차이를 다룬 로맨스 소설을 쓰겠다고 막무가내로 우기면 어떻게 말려야 할지 고민했거든.

😊 로맨스 소설은 나한테 무리일까?

🐱 응. 넌 아직 짝사랑밖에 못 해 봤을 테니까.

좋아하는 작품을
쓰고 싶은 주제를

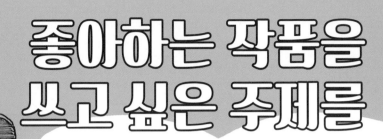

좋아하는 작품에서 어떤 점이

좋아하는 작품을
떠올리면서 질문에
대답해 봐!

탐정이 눈부신
활약을 펼치는
추리 소설…

좋아하는
작품에 대해
어떤 점을 알고 있지?

주인공은 어떤 인물?

세 자매와 별난 탐정?

설명해 보면
찾을 수 있다

마음에 드는지 생각해 보자.

그 일은 언제,
어디에서 일어났지?
배경은 어디?

현대 도시인가?

아이가 어디론가
사라지다….

누가 '이 작품의
어떤 부분이 좋아?'라고
물으면 뭐라고 대답할까?

수수께끼가 조금씩
풀려 가는 부분!

탐정이
너무 멋있어!

183

소설을 처음 쓸 때는
자신을 주인공으로

"자, 쓰고 싶은 주제를 찾은 걸 축하하면서 건배!"

스노볼이 츄르냐옹 한 봉을 높이 치켜들었다.

"고마워, 정말 고마워."

나는 콜라 캔을 츄르냐옹 봉지에 짠 부딪쳤다.

콜라를 단숨에 절반쯤 마시고 스노볼에게 물었다.

"쓰고 싶은 주제는 찾았어. 이제 뭘 하면 되지?"

"구성을 생각하고 등장인물을 만들어야 하는데……. 너 같은 경우에는 먼저 주인공을 만드는 방법이 좋을 것 같아."

"어떻게?"

"이야기를 만드는 방법은 크게 두 가지로 나눌 수 있어."

스노볼이 발톱 두 개를 펴 보였다.

"한 가지는 이야기의 구성부터 생각하는 방법이야. 하지만 넌 쓰고 싶은 주제를 찾긴 했지만 그것을 어떻게 써 나갈지는 아직 정하지 못했어."

"……."

"또 다른 방법은 등장인물을 생각하고, 그 등장인물의 행동에 맞춰서 이야기를 만들어 가는 방법이지. 이 방법이 너한테 잘 맞을 거야."

스노볼의 발톱이 내 쪽으로 향했다.

"어떤 등장인물을 만들고 싶어?"

😺 앤 공주처럼 공주를 주인공으로 하면 어때?

🐱 뭐?

😺 아, 그렇게 하면 〈로마의 휴일〉과 똑같이 되려나. 좋았어, 그럼 공주 말고 왕자로 하자!

🐱 잠깐! 공주와 왕자가 어떤 사람인지 알고는 있는 거야?

😺 알 리가 없잖아?

🐱 지인 중에 왕족이라도 있어?

😺 무슨 소리야. 나는 서민 중의 서민이라고!

🐱 그렇다면 공주나 왕자를 주인공으로 하겠다는 생각은 일단 그만둬.

😺 왜?

🐱 잘 모르는 사람을 주인공으로 하면 현실감이 살아나지 않으니까.

😺 이상한데? 생각해 봐. 그럼 살인 청부업자나 살인마, 테러리스트가 주인공인 소설을 쓰는 작가는 그런 사람들과 알고 지내기라도 한다는 거야?

🐱 프로 작가와 자신을 같다고 착각하면 안 돼. 프로 작가는 자료를 철저하게 수집하고 취재해서 현실감을 만들어 내거든. 중학생인 너한테 그런 기술은 없어.

😺 그럼 어떻게 해야 하지?

🐱 주변 사람을 주의 깊게 관찰해서 등장인물을 만드는 거야. 그게 기본이지.

자신의 주위를 잘 살펴보자. 그곳에는 살아 있는 사람이 있다.

🐱 주인공은 중학생이 좋겠어.

😊 왜?

🐱 네가 중학생이니까. 직장에서 열심히 일하는 서른여덟 살 여성을 주인공으로 한다면 그 여자의 감정이나 행동을 쓸 수 있을까?

😊 절대 못하지.

🐱 소설을 쓰는 데 익숙해지기 전까지는 주변 사람을 주인공으로 하는 게 좋아. 아니면 완전히 반대의 인물로 하든가.

처음에는 자신을 주인공으로 하자.
'내가 주인공이라면 어떻게 할까?'
그렇게 생각하면 이야기가 움직이기 시작한다.
현실에서는 하고 싶어도 할 수 없는 일도 소설 속에서는 할 수 있다.

알렉세이

😊 이렇게 하면 어떨까?

🐱 뭐야, 이게?

😊 주인공 이름이야.

🐱 불합격!

😊 왜 불합격이야? 멋있지 않아?

🐱 네가 쓰려는 글이 판타지 소설이야? 그게 아니라 평범한 중학생을 주인공으로 하겠다면 그에 알맞은 이름이 좋아.

등장인물의 이름도 중요하다.

이야기에 어울리는 이름을 붙여야 한다.

🐱 주인공 이름은 '김민규'라고 하자. 다른 의견은 받아 주지 않겠어.

😊 알았어. 그렇게 할게.

🐱 이 주인공은 어떤 자유가 제한되어 힘들어하고 있지?

😊 응?

🐱 벌써 잊어버렸어? 자유가 제한된 주인공이 자유를 얻는 이야기를 쓰고 싶다고 했잖아.

😊 맞아, 그랬어.

🐱 중학생은 어떨 때 자유가 없다고 느끼지?

😊 역시 교칙이지, 뭐.

🐱 인간의 규칙은 잘 몰라서 묻는 건데, 교칙이 그렇게 불편해?

😊 학교마다 다르긴 한데, 우리 학교는 무조건 흰색 양말을 신어야 해. 솔직히 싫긴 하지만 거기까지는 괜찮아. 하지만 무늬나 모양이 하나라도 들어가면 안 된다는 건 이해할 수가 없어. 무늬가 전혀 없는 양말을 찾기란 쉽지 않거든. 게다가 양말에 무늬가 있다고 해서 학교생활에 무슨 지장을 주느냐고!

🐱 알았으니까 진정해. 하지만 주인공을 중학생으로 하길 잘했다는 생각 안 들어? 네 생각을 그대로 반영할 수 있으니까.

😊 주인공은 지금까지 교칙에 아무런 의문도 품지 않았어. 누구보다 성실하게 교칙을 지켜 왔지. 그런데 어떤 계기로 의문을 갖기 시작한 거야. 그래서 같은 생각을 하는 친구들을 모아 교칙을 바꿔 나가려고 해. 이런 이야기를 생각하고 있어.

🐱 우선 그 정도 선에서 써 볼까?

주인공이 움직이기 시작하면 이야기도 움직이기 시작한다.

주인공을 자세히 그려 보자

어떤 소설을 쓰고 싶은지 생각해 보자.

이야기의 장르와 배경을 정하자

쓰고 싶은 이야기의 장르

☐ 액션 ☑ SF ☐ 호러 ☐ 로맨스
☐ 코미디 ☐ 청춘물 ☐ 스포츠 ☐ 판타지

쓰고 싶은 이야기의 배경

☑ 우리나라 (☑ 학교나 집 ☐ 회사 ☐ 유원지 ☐ 자연
☐ 기타[   ])

주인공의 세세한 부분을 어떻게 설정할지 생각하자

소설의 배경에 따라 주인공의 이름도 달라진다.
주인공에 어울리는 이름을 붙이자.

이름	김민규		성별	남자	나이	15세(중학교 2학년)

키	164cm	머리 길이	짧음	가족 구성
몸무게	53kg	몸집	마른 편	아버지, 어머니, 고양이

좋아하는 음식	카레	싫어하는 음식	청국장

싫어하는 것	숙제	좋아하는 색	빨간색	취미	고양이와 놀기

두뇌	보통	운동 신경	좋음	습관	아침마다 달리기
특기	축구공 리프팅

성격	성실하고 융통성이 없음

기타	어떤 교칙이든지 확실히 지킨다.
	야구부 소속. 동성 친구는 많지만 이성 친구들에게는 인기가 없다.
	가장 큰 고민은 여드름이 많다는 것이다.

주변 인물도 같은 방법으로 설정해 보자.

박소현	어릴 때부터 친구였던 사이. 주인공의 성실함에 혀를 내두르기도 하고, 대단하다고 여기기도 한다.
표일환	주인공의 생각이 바뀌는 계기가 된다.

주변 인물은
다섯 명까지

"이 아이가 선우로군. 지금까지 얘기는 많이 들었지만, 이렇게 생겼구나."

스노볼이 반 친구들과 찍은 사진을 보고 말했다.

"키도 크고 얼굴도 상당히 멋있네. 그럼 선우가 좋아하는 정아는 누구야?"

내가 사진을 가리키자 스노볼이 고개를 끄덕였다.

"예쁜 학생이구나. 선우랑 잘 어울리는데 정아는 선우를 좋아하지 않나 보지?"

"친구 정도로만 생각하나 봐."

"넌 정아를 어떻게 생각해?"

"반 친구. 그리고 선우가 짝사랑하는 여자애. 이 정도지 뭐."

"음, 그렇구나. 그러면 네가 좋아하는 아이는 누구야?"

사진을 가리키려다 말고 당황해서 손을 내렸다.

"유도 신문이 꽤 능숙하군!"

"생각보다 쉽게 안 넘어가는데?"

우리는 마주 보며 씩 웃었다. 잠시 후 스노볼이 사진을 물끄러미 보더니 진지하게 말했다.

"나는 너무 오래 살았어. 내 친한 친구들은 모두 저세상으로 갔지."

🐱 쓰고 싶은 주제를 찾았고, 주인공의 이름도 정했어.

> # 주인공: 김민규

🐱 이제 주변 인물을 생각해야지.

😊 몇 명 정도면 될까?

🐱 내용에 따라 달라. 중요한 점은 불필요한 인물을 만들지 않는 거야.

소설 속 등장인물에는 각자 역할이 있다.

왜 나왔는지 이해할 수 없는 인물은 만들면 안 된다.

😊 주변 인물은 어떻게 만들어?

🐱 대개는 주인공과 어떤 연관이 있는지에 따라서 만들어 가면 돼. 처음에 주인공은 자유를 제한하는 교칙에 대해 별다른 의문을 갖지 않았잖아?

😊 응.

🐱 그리고 주변의 어떤 학생보다도 교칙을 잘 지켰지?

😊 맞아.

🐱 그렇다면 그 주인공의 특징을 돋보이게 해 주는 인물이 있어야지. 어릴 때부터 친했고, 주인공의 성실함에 혀를 내두르기

도 하고, 대단하다고도 여기는 인물을 만들자.

😊 소꿉친구로 하면 좋겠네.

🐱 주인공이 남자니까 그 친구는 여자아이로 하자.

😊 이름은 '박소현' 어때?

🐱 정말로 옆집에 살고 있을 것만 같은 좋은 이름이네.

등장인물의 이름은 그 역할이나 성격과 관련해 지을 수 있다.

🐱 이번에는 주인공의 생각이 바뀌는 계기를 만들어 주는 인물이야.

😊 이름을 어떻게 지을까?

🐱 이름이 잘 떠오르지 않을 때는 여러 가지 방법이 있지.

등장인물의 이름을 짓는 것은 쉬운 일이 아니다.
주변 사람들의 이름을 살짝 바꿔 보거나, 신문에 나오는 사람들의 이름을 찾아봐도 좋다.
이름 짓기를 도와주는 인터넷 작명 사이트도 있다.

😊 인터넷에서 찾아서 이름을 지어 봤어. '표일환'으로 할까 해.

🐱 응, 좋은데!

😊 등장인물은 몇 명 정도 만들까?

🐱 내용에 따라 다르겠지만, 처음에는 다섯 명 정도로 하는 게

좋아.

😊 특별한 이유가 있어?

🐱 영상과 달리 소설은 등장인물의 성격이나 특징을 글로 묘사해서 보여 줘야 해. 현재로선 네가 잘 묘사할 수 있는 인물은 다섯 명 정도라고 생각해.

😊 …….

🐱 괜찮아. 익숙해지면 몇십 명도 등장시킬 수 있어. 하지만 너무 많은 인물을 설정하면 독자도 쓰는 사람도 다 기억하기가 어렵거든.

처음에는 등장인물을 적게 하는 편이 좋다. 적은 수의 등장인물을 잘 설정해서 표현하자.

😊 등장인물은 이 정도면 다 됐겠지?

🐱 어이쿠. 할 일이 아직 얼마나 많은데.

😊 어떤 일?

🐱 우선 주인공 김민규의 키는 어느 정도야?

😊 키?

🐱 몸무게는? 말랐어? 뚱뚱해? 머리는 길어? 짧아? 안경은 쓰고 있나?

😊 …….

🐱 외모의 특징만이 아니야. 성격도 빈틈없이 생각해야 돼. 김

민규는 엄격한 교칙에 의문을 갖지 않았다고 했어. 그러니 융통성이 없거나 성실하다는 성격을 유추할 수 있지.

😺 그렇구나. 등장인물의 이름뿐만 아니라 외모의 특징이나 성격도 일일이 정해야겠네.

🐈 특히 성격을 꼼꼼히 정해 두지 않으면 등장인물이 움직일 수 없어. 그 인물이 어떤 곤란한 상황에 처했는데 성격을 모르면 맞서 나갈지, 도망칠지, 누군가에게 의지할지 알 수가 없잖아.

등장인물마다 외모의 특징과 성격을 표로 정리해 두면 편하다.

🐈 그리고 등장인물의 성장 배경도 생각해 둬야 해.

😺 그렇게까지 해야 돼?

🐈 성장 배경은 중요하거든. 이야기에 꼭 나오지 않더라도 인물이 왜 그런 성격이 되었는지 알 수 있으니까.

주인공과 주변 인물에게 인터뷰를 한다?!

모든 등장인물의 프로필을 생각해 보자.

주변 인물을 어떻게 설정할지 생각해 보자

인물을 설정한 내용이나 이유 중에서 한 가지를 선택해 자세히
설명해 보자.

주인공의 프로필을 만들었을 때처럼
모든 등장인물의 프로필을 생각해 보자.

김민규
성실하다

박소현
야무지다

표일환
의지가 강하다

등장인물들에게 '왜?'라고 물어보자

정해 놓은 설정을 보면서 '왜?'라고 물어보자.

이런 식으로 '왜?'라는 질문을 던지면 등장인물의 성장 배경을 알수 있다. 성장 배경을 알면 왜 그런 성격이 되었는지 이해할 수 있기에 인물의 개성이 생생하게 살아난다.

원고지 20장 분량의
아주 짧은 단편부터
시작하자

바닷바람에 기분이 좋아졌다.

집에서 자전거로 3시간. 고갯길을 두 개나 넘어서 바다까지 왔다.

"아, 기분 좋아!"

짐받이에 탄 스노볼에게 말했다. 벌름거리는 코를 보니 스노볼도 바다 내음을 맡는 모양이다.

"긴 고갯길을 잘도 달려왔네."

스노볼이 칭찬해 주었다.

처음에는 고갯길 정상까지 달려가는 데만 온 정신이 쏠렸다. 그러다 페달 밟기에 점점 익숙해지자 여유롭게 달릴 수 있었다.

그러자 이번에는 어디까지 갈 수 있을지 자신을 시험해 보고 싶어졌다. 반년쯤 걸리긴 했어도 고갯길을 두 개나 거뜬히 넘을 수 있는 튼튼한 다리를 얻었다.

"'다리를 얻는다'는 표현은 이상하려나?"

"음……. 쓰지 않는 게 좋을 것 같은데."

스노볼이 내 등을 톡톡 두드렸다.

"멋진 경치도 봤겠다, 이제 슬슬 돌아가서 원고를 써 볼까?"

앗!

……다시 돌아가야 한다는 걸 잊고 있었다.

🐱 아! 정말 힘들었어.

😺 넌 짐받이에 앉아 있기만 했는데 뭐가 힘들어? 나는 계속 자전거를 끌고 걸었다고.

🐱 끌지 말고 타고 왔으면 좋았을 텐데.

😺 고갯길을 올라갈 만큼 힘이 남아 있지 않았어.

🐱 하지만 좋은 경험을 했잖아. 처음에는 멀리 가지 못해도 매일 노력하면 바다까지 갈 수 있다는 걸 알았으니까.

😺 돌아오는 길은 끔찍했지만.

🐱 그 경험을 살려 원고를 써 보자고.

😺 등장인물은 다 설정했는데 이번에는 뭘 해야 하지?

🐱 이야기의 구성을 생각해야 해. 갑자기 긴 이야기를 쓰기는 힘드니까 짧은 이야기부터 시작하자.

😺 짧은 이야기면, 쇼트 쇼트 스토리short short story(단편소설short story보다 더 짧은 소설-옮긴이)?

🐱 ……뭘 모르는군.

만화가를 지망하는 사람은 4컷 만화부터 시작하면 좋다고 한다.
하지만 소설은 '쇼트 쇼트 스토리'부터 시작하기 어렵다.
처음에는 정말로 짧은 이야기부터 써 보자.

😺 쇼트 쇼트 스토리부터 시작하면 안 되는 거야?

🐱 그런 건 아니지만 다 쓴 뒤에 읽어 보면 충격을 받을 거야.

간신히 흉내만 낼 수 있어도 잘한 거지.

😺 구성은 어떻게 하면 돼?

🐱 보통 '기승전결'이나 '서론-본론-결론' 형식으로 쓰지.

😺 그게 뭔데?

🐱 이야기의 순서야. 예를 들어, 주인공인 탐정에게 의뢰가 들어온다. 이게 이야기의 시작 부분인 '기'. 탐정이 수사를 시작하는 전개 부분이 '승'. 뜻밖의 진실을 알아차리거나 해결하는 부분이 '전'. 그리고 사건을 해결하는 마무리 부분이 '결'이지. '서론-본론-결론'에서는 처음에 사건의 의문 같은 걸 드러내는 부분이 '서론'이고, 탐정의 조사로 사건의 전모가 점점 드러나는 부분이 '본론', 그리고 클라이맥스부터 문제가 해결되는 결말까지의 부분이 '결론'이야.

😺 미안해, 스노볼. 이해가 잘 안 돼.

🐱 설명은 했지만, 이 형식에 꼭 얽매이지 않아도 괜찮아. 그럼 이제 네 소설을 구체적으로 생각해 보자. 시작 부분에 뭘 쓰고 싶어?

😺 글쎄……. 역시 주인공을 소개해야 하지 않을까?

🐱 응. 그러면 그 부분이 네 소설에서 '기'가 되는 거야.

소설의 시작 부분에서는 이야기의 배경 설명과 함께 주인공을 소개하는 것이 좋다.
지금부터 어떤 배경에서 이야기가 펼쳐질 것인가?

이야기를 이끌어 갈 주인공은 어떤 인물인가?
그러한 내용을 쓰자.

🐱 중요한 점은 '기' 부분에서 독자의 관심을 끌어당겨야 한다
는 거야. 요즘 독자들은 시작 부분이 시시한데도 계속 읽어 줄
정도로 한가하지 않으니까.

독자들이 책장을 계속 넘기게 하려면 깊은 인상을 주어야 한다.

😀 어떤 첫머리가 깊은 인상을 주지?
🐱 글을 쓰기 시작하면 가르쳐 줄게. 먼저 인칭을 정하자.
😀 인칭?
🐱 '누구의 시점으로 쓸 것인가'를 정하는 거야.

1인칭 시점은 화자가 보고 듣고 느낀 것을 이야기한다. 화자인 '나'는
주인공일 수도, 사건의 관찰자일 수도 있다.
3인칭 시점은 이야기에 등장하지 않는 화자가 이야기에 등장하는 등
장인물에 대해 쓰는 방식이다. 3인칭 시점은 '3인칭 관찰자 시점', '3인
칭 전지적 작가 시점'으로 나뉘기도 한다.

🐱 네 소설은 어린 시절 친구인 소현의 시점에서 쓰면 좋을 것
같아. 오랜 친구의 눈으로 민규가 얼마나 별난 주인공인지 쓰면

독자가 공감하기 쉬울 거야.

😊 2인칭 시점도 있어?

🐱 그건 독자의 시점에서 쓰는 방법이야. 이를테면, '당신에게는 김민규라는 소꿉친구가 있다. 교칙을 지키는 데 목숨을 거는 특이한 녀석이다' 이런 식으로 쓰는 거지. 나는 이 시점을 좋아하는데 실제로는 찾아보기 어렵더군.

😊 장마다 시점을 바꿔도 돼?

🐱 그럴 수도 있지만 추천하고 싶은 방법은 아니야. 처음에는 시점을 바꾸지 않고 끝까지 쓰는 게 좋아.

😊 알겠어. 자, 그럼 박소현의 시점으로 할게.

🐱 이제 원고지 20장 안팎으로 써 보자.

😊 끝까지 잘 쓸 수 있으려나.

🐱 중간에 더 쓰지 못할 것 같으면 어쩔 수 없지. 그렇게 되면 마법의 문장을 가르쳐 줄게.

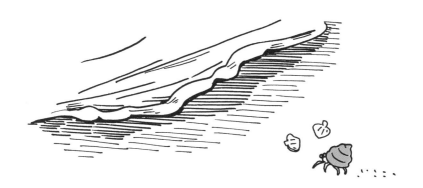

이야기의 대략적인 짜임새를 생각하자

소설의 형태를 결정하자.

어떤 시점으로 쓸까

1인칭 시점은 등장인물 중 한 사람의 시점으로 쓴다.

> 나에게는 '김민규'라는 오래된 친구가 있다.
> 교칙을 지키는 데 목숨을 건 특이한 녀석이다.

2인칭 시점은 독자의 시점으로 쓴다.

> 당신에게는 '김민규'라는 오래된 친구가 있다.
> 교칙을 지키는 데 목숨을 건 특이한 녀석이다.

3인칭 시점은 이야기에 등장하지 않는
화자의 시점으로 쓴다.

> 소현에게는 '김민규'라는 오래된 친구가 있다.
> 소현의 주변 사람들은 교칙을 지키는 데 목숨
> 을 건 민규를 특이한 녀석이라고 생각한다.

나에게는…….

당신에게는…….

구성을 생각해 보자

① 기(상황 설명)
주인공이 어떤 사람인지, 소설의 배경이 어떤 곳인지 설명한다.

> 나에게는 '김민규'라는 오래된 친구가 있다.
> 교칙을 지키는 데 목숨을 건 특이한 녀석이다.

② 승(주인공의 사고와 행동)
주인공이 '기' 부분에서 했던 생각이나 겪은 일 때문에 문제가 일어난다.
설정한 성격과 특성을 인식하며 주인공을 움직이자.

> 주인공은, 타고난 머리카락 색이 갈색인데 교칙을 지키기 위해
> 검은색으로 염색한 일환을 만난다. 일환은 여름 방학이 끝나고
> 원래 머리색으로 등교했다가 정학을 당한다. 주인공은 이 처분이
> 부당하다고 생각하면서 평소의 가치관이 바뀐다.

③ 전(해결을 향해)
이 상황을 어떻게든 해결해야 한다. 소설의 절정 부분이다. 문
제를 해결하기 위해 주인공은 등장인물들과 함께 여러 방법
을 모색한다.

> 교칙을 바꾸기 위해 학생회에서 의견이 같은 친구들을 모은다. 선
> 생님과 학생회장을 끌어들여 타고난 머리색 그대로 등교하는 것
> 을 허락하는 교칙을 만든다.

④ 결(해결과 마무리)
사건이 해결된 모습과 주인공의 감정이 사건을 겪으며 어떻게 변했는지 쓴다.

> 교칙이 바뀌어 일환은 원래 머리색으로 등교할 수 있다.
> 주인공은 이제 규칙을 적당히 지킨다.

첫머리는 굉장히 중요하다!
일단 쓰기 시작하고
나중에 고치자

"⋯⋯."

대체 시간이 얼마나 흐른 걸까?

나는 샤프펜슬을 꽉 쥔 채 꼼짝도 하지 않았다. 눈앞에는 아직 한 글자도 쓰지 못한 새 원고지가 펼쳐져 있다.

"완전히 얼어붙었군. 따뜻한 물을 부어서 녹여 주고 싶을 정도로 말이야."

발밑에서 뒹굴고 있던 스노볼이 하품을 하며 말했다.

"그렇게 긴장하지 말고 뭐라도 써 보면 되잖아?"

"말은 쉽지!"

나는 발로 스노볼을 건드렸다.

"소설을 처음 써 보는 거잖아. 첫 부분을 쓰는데 긴장하지 말라는 게 말이 돼?"

쓸 내용이 없는 건 아니다. 단지 무슨 말부터 써야 할지 갈피를 잡을 수가 없을 뿐이다.

"실패하면 어때! 망치면 원고지를 똘똘 뭉쳐서 휴지통에 던지면 되지. 작가가 된 기분을 맛보는 거야."

"⋯⋯."

나는 원고지 칸을 무시하고 '재능이 다 말라 버렸어!'라고 썼다. 그러고는 원고지를 꾸깃꾸깃 뭉쳐 발밑에 있는 스노볼에게 던졌다.

😾 애꿎은 나한테 화풀이하지 말아 줄래?

😊 작가가 된 척 해 봤을 뿐이야.

😾 그렇게 긴장하지 말고 그냥 쓰기 시작하면 될 텐데.

😊 넌 이 심리적 압박감을 모를 거야.

😾 그럼 압박감을 더 느낄 만한 사실을 알려 주지.

글의 첫머리는 굉장히 중요하다!
인상 깊은 첫머리로 독자의 흥미를 끌어야 한다.

😵 …….

😾 또 얼어붙었군.

😊 더 이상 부담 주지 마.

😾 그럼 마음이 편해질 수 있는 방법을 가르쳐 줄게.

첫머리가 마음에 안 들면 몇 번이고 다시 쓰면 된다.
언제든지 고쳐 쓰면 된다.
소설을 끝까지 쓴 뒤에도 첫머리를 고칠 수 있다.
중요한 점은 첫머리가 자신의 마음에 들어야 한다는 것이다.
어쨌든 첫머리를 쓰지 않으면 이야기를 시작할 수 없으니 일단 쓰자.

😊 응. 마음이 한결 편해졌어.

😾 자, 일단 첫 줄을 써 보자고.

😊 좋았어!

> 내 이름은 박소현.

🐱 땡!

😊 왜?

🐱 이 이야기의 주인공은 김민규야. 이렇게 시작하면 소현이 더 두드러진다고.

😊 그렇군. 그럼 이렇게 쓰면 어때?

> 내 어릴 적 친구 중에 '김민규'라는 특이한 남자아이가 있다.

🐱 불합격!

😊 왜? 주인공 소개부터 했는데.

🐱 너무 밋밋해. '어떻게 특이하다는 걸까?' 하고 궁금하게 만든 건 참 잘했어. 하지만 그것만으로는 부족해. 더 강렬한 인상을 주는 첫 문장을 써야 해!

😊 강렬한 인상이라……

🐱 주인공은 이상한 교칙도 착실하게 지키는 특이한 남학생이

잖아. 이 설정도 살려야지.

😺 맞아. 그러네.

'그다음 내용을 읽고 싶어지는' 첫 문장을 써야 한다.

그런 문장을 찾을 때까지 몇 번이라도 고쳐 쓰자.

🐱 고전들의 첫머리를 살펴보는 것도 도움이 될 거야. 《나는 고양이로소이다》의 첫 문장은 '나는 고양이다. 이름은…….'

😺 아냐, 지금은 내가 생각해 볼게.

😺 이 문장은 어떨까?

우리 학교에는

이런 기묘한 교칙이 있다.

🐱 80점!

😺 해냈다! 갑자기 높은 점수를 받았네.

🐱 그런 첫 문장이라면 확실히 뒷이야기를 얼른 읽고 싶어질 거야. 하지만 문제는 두 번째 문장이야. 어떤 기묘한 교칙이지?

😺 '꼭 흰색 양말을 신어야 한다. 무늬가 조금이라도 있는 양말은 금지!' 어때?

🐱 너무 평범해. 30점 주지.

😺 50점이나 깎다니!

소설은 자신의 지식만으로는 쓰기 힘들 때가 많다.

그럴 때는 자료를 조사한다.

그 분야를 잘 아는 사람을 취재하거나 도서관이나 인터넷에서 자료를 모아야 한다.

또한 평상시에 신문이나 잡지에 관심 있는 기사가 실리면 '언젠가 필요할지 몰라' 하는 마음으로 스크랩해 두자.

😺 '집에서 전봇대 세 개 이상의 거리로 외출할 때는 반드시 교복을 입어야 한다.' 인터넷에서 이런 교칙을 발견했어. 이런 교칙이라면 인상에 강렬하게 남을 것 같아.

🐱 그건 진짜 교칙이 아니라 웃자고 한 소리잖아! 혹시 인간은 고양이가 생각하는 것 이상으로 머리가 나쁜 건가?

강한 인상을 주는 첫머리를 쓰는 세 가지 규칙

고전의 첫머리를 살펴보자.

'왜?' 하는 의문이 들게 하는 첫머리

첫 문장은 '기(상황 설명)' 부분에 포함된다. 독자에게 강한 인상을 주고, 주인공과 소설의 무대를 알 수 있으면 가장 좋다.

"메로스는 매우 화가 났다." 다자이 오사무, 《달려라 메로스》

왜
화가 났지?

궁금해서 다음 이야기를
읽고 싶어지는 첫머리로군.

두근
두근

주인공 소개로 시작되는 첫머리

"나는 고양이다. 이름은 아직 없다."

나쓰메 소세키, 《나는 고양이로소이다》

첫머리만으로 주인공이 누구인지 알 수 있어. '고양이가 주인공인가?' 하고 흥미를 끌어당기는 명문이군!

너 말고도 말하는 고양이가 있구나!

소설의 무대를 알 수 있는 첫머리

"국경의 긴 터널을 빠져나오자, 눈의 고장이었다."

가와바타 야스나리, 《설국》

짧은 문장이지만 '긴 터널'이라는 표현 덕분에 주인공이 기차에 타고 있다고 상상할 수 있지.

포기하고 싶을 때
끝까지
쓸 수 있게 해 주는
마법의 단어!

스노볼의 기척이 없다.

발소리가 나지 않게 살금살금 방을 나섰다. 복도에도 스노볼이 없다. 계단 쪽으로 천천히 걸어갔다.

나는 나무젓가락으로 만든 총을 들고 있다. 탄환은 노란 고무줄이다. 움직일 때마다 뒤쪽 허리춤에 꽂은 깃털 달린 막대기가 흔들린다. 우리는 한밤의 총격전을 벌이고 있다. 규칙은 단순하다. 총을 쏴서 고무줄로 스노볼을 맞히면 내가 이기고, 스노볼이 내 허리춤에 꽂은 깃털 막대를 빼앗으면 스노볼이 이긴다. 전쟁터는 집 안. 밖으로 나가면 반칙패다.

계단 위에서 천천히 고개를 내밀고 아래층 상황을 살폈다. 바스락거리는 소리가 났다. 거실에서 나는 소리다.

스노볼은 거실에 있다!

나무젓가락으로 만든 고무줄총을 들고 재빨리 거실 쪽으로 갔다. 거실을 엿보았더니 텔레비전 앞에 스노볼이 있었다. 헤드폰을 쓰고 츄르냐옹 광고를 보고 있다. 게다가 발에 든 츄르냐옹을 날름날름 핥고 있다.

완전히 방심하고 있군…….

나무젓가락 총의 사정거리는 3미터. 여기에서 쏘기에는 너무 멀다.

발소리가 나지 않도록 조심하면서 스노볼을 확실히 맞힐 수 있는 거리까지 다가갔다.

지금이다!

고무줄을 발사하려는 순간, 스노볼이 앞발로 리모컨 버튼을 눌렀다. 텔레비전이 꺼졌다. 암흑이다!

거실이 캄캄해지는 동시에 고무줄을 발사했지만 맞히지 못한 것 같다. 계속 그 자리에 있으면 위험하다는 생각에 소파 뒤로 숨어들었다.

"아깝네."

스노볼의 목소리가 거실에 메아리처럼 울렸다. 스노볼의 위치를 가늠할 수가 없다.

"내가 가까이 온 걸 어떻게 알았지?"

"넌 내가 텔레비전을 보고 있다고 생각했지? 사실은 화면에 비친 네 움직임을 보고 있었거든."

그래서 내가 고무줄총을 쏘기 전에 텔레비전을 껐군.

"지금은 둘 다 아무것도 안 보이고, 상대가 어디 있는지도 모르지. 이제 조건은 같아."

스노볼의 웃음소리가 들렸다.

"고양이는 어둠 속에서도 잘 볼 수 있거든? 나는 거실이 대낮처럼 환히 보인다고."

흥, 잘 알고 있다.

"자, 이제 사냥을 시작해 볼까? 네가 숨어 있는 곳을 찾아내 깃털 막대를 빼앗아 주지. 그러면 내 승리다."

"아니, 그 전에 내가 널 쏠 거야!"

나무젓가락 총의 방아쇠를 당겼다. "팡!" 소리에 이어 "냐옹!" 하는 비명이 들렸다.

거실 등을 켜고 바닥에 뻗어 있는 스노볼에게 다가갔다.

"너도 암흑 속에서 잘 보이는 건가?"

"그럴 리 없잖아! 네 위치를 알아차린 건 냄새 때문이야."

"냄새?"

"네 입에 츄르냐옹이 묻어 있거든."

😺 내가 이긴 건 사실 네 훈련 덕분이야. 너에게 오감을 발휘하라고 배워서 전등이 꺼졌어도 츄르냐옹 냄새로 네가 있는 곳을 알았지.

🐱 할 수 없군. 패배를 인정할게. 자, 이제 놀이는 여기까지 하고 소설 쓰기로 돌아가야지?

😺 그게 말이야, 사실은 벽에 부딪혔어.

🐱 그렇겠지. 소설을 그렇게 쉽게 쓸 수 있을 리 없잖아.

😺 아직 제목도 못 정했는데 괜찮을까?

🐱 상관없어.

제목은 쉽게 정할 수 있을 때 결정한다. 꼭 처음에 제목을 정할 필요는 없다.

글을 다 쓰고 나서 천천히 생각해도 좋고, 완성된 글을 읽은 사람이 지어 줘도 좋다.

😺 그리고 여자 대사를 쓰기가 어려워. 내가 남자라 어쩔 수 없는지도 모르겠지만…….

🐱 그렇게 생각하면 남자 중학생 이야기밖에 못 써.

😺 어떻게 하면 다양한 인물의 대사를 쓸 수 있을까?

🐱 어쩔 수 없군. 이번에도 이 몸이 좋은 방법을 가르쳐 주지. 테헤헤헤헷!

😺 오랜만에 듣는 거라 이렇게 말하고 싶진 않지만, 진짜 하나

도 안 비슷해.

🐱 '음성 듣기 훈련!'

😊 그게 뭐야?

눈에 익은 드라마나 애니메이션, 영화에서 음성만 여러 번 듣는 훈련이다.

영상은 보지 않는다.

대사와 효과음만 반복해서 들으면 등장인물들이 어떻게 말하는지 머리에 들어온다.

🐱 영상물에는 다양한 등장인물이 나오지. 같은 여학생이라도 성격이나 개성에 따라서 말투와 쓰는 단어가 달라. 대사만 여러 번 들으면서 그런 미묘한 차이를 머리에 넣는 거야.

😊 몇 번 정도 들으면 되는데?

🐱 짬이 날 때마다 듣는 습관을 들이는 게 좋지. 그러면 힘들이지 않아도 곧 알아차리게 되니까.

대사만 머릿속에 들어오는 것이 아니라, 대사와 대사 사이의 자연스러운 간격도 알게 된다.

효과음이나 내레이션을 넣는 방법도 저절로 익힐 수 있다.

🐱 Ⓐ와 Ⓑ가 어떻게 다른지 느껴져?

Ⓐ
"괜찮아?"
"괜찮아."
Ⓑ
"괜찮아?"
"……괜찮아."

😊 Ⓑ는 신중하게 생각하고 나서 괜찮다고 대답하는 것 같아. 아니면, 사실은 괜찮지 않은데 무리해서 괜찮다고 대답하는 것 같기도 해.

🐈 글 쓰는 데 좀처럼 진도가 나가지 않는 널 위해 오늘은 한 단계 더 발전시킨 '음성 듣기 훈련'을 하자. 테헤헤헤헷!

😺 이젠 말하기도 질렸는데, 정말 하나도 안 비슷해.

🐈 음성 듣기 훈련으로 노벨라이즈!

😺 노벨라이즈가 뭐야?

노벨라이즈novelize는 영화나 드라마, 애니메이션을 소설로 만드는 것이다.

스노볼이 말하는 훈련은 음성만 듣고 그 대사를 사용해 소설을 써 보는 훈련이다.

🐈 네가 글을 계속 쓰지 못하는 이유는 머릿속에서 등장인물이 움직이지 않기 때문이야. 대사는 쓸 수 있어도 인물이 움직이지 않으면 소설이라고 할 수 없지.

😺 각본 같은 걸 쓰라는 거야?

🐈 아니. 이번 훈련의 목적은 대사를 이용해 소설을 쓰는 거야.

♪ **영화 〈로마의 휴일〉 중 콜론나 궁전에서 열린 기자 회견 장면**

"방문하신 도시 중에서 어디가 가장 마음에 드셨나요?"

(모든 곳이······.)

"모든 곳이 훌륭해서 비교하기 어렵지만······.

로마입니다. 로마가 가장 좋았어요.

이곳에서의 소중한 추억을 평생 잊지 못할 거예요."

"병상에만 누워 계셨는데도 말입니까?"

"네, 그렇습니다."

🐱 영화 〈로마의 휴일〉의 기자 회견 장면이야. 이 상황을 소설로 써 보자.

신문 기자가 질문했다.

"방문하신 도시 중에서 어디가 가장 마음에 드셨나요?"

앤 공주 옆에서 왕실 측근이 소곤거렸다.

"모든 곳이······."

앤 공주가 그 말을 따라서 대답했다.

"모든 곳이 훌륭해서 비교하기 어렵지만······. 로마입니다. 로마가 가장 좋았어요. 이곳에서의 소중한 추억을 평생 잊지 못할 거예요."

"병상에만 누워 계셨는데도 말입니까?"
신문 기자의 질문에 앤 공주가 말했다.
"네, 그렇습니다."

🐱 8점!

😊 10점 만점에 8점?

🐱 100점 만점에 8점!

😊 아주 잘 쓰지 못한 건 알겠다만 그래도 100점 만점에 8점은 너무하지 않아?

🐱 0점을 줘도 괜찮을 정도야. 그나마 '소곤거리다'라는 단어를 썼기에 점수를 준 거지.

😊 큰일 날 뻔했군.

🐱 넌 그 장면을 여러 번 봤잖아? 감동의 눈물까지 흘리면서! 그러고는 고작 그런 문장으로밖에 표현하지 못하다니. 사과해! 오드리 헵번에게 사과하라고!

😊 사과하기 전에, 어떤 식으로 써야 하는지부터 가르쳐 줘.

🐱 '-했다' 하고 행동만 나열하면 아무 느낌도 전해지지 않아. 그 행동의 이면에 어떤 감정이 있었는지, 상황과 감정까지 생각해서 써야 해.

신문 기자가 질문했다.

"방문하신 도시 중에서 어디가 가장 마음에 드셨나요?"

앤 공주는 바로 대답하지 못했다. 걱정이 된 왕실 측근이 옆에서 소곤거렸다.

"모든 곳이⋯⋯."

그 말에 앤 공주는 자신의 지위를 떠올렸다.

"모든 곳이 훌륭해서 비교하기 어렵지만⋯⋯."

순간 공주의 가슴에 로마에서의 즐거웠던 추억이 되살아났다.

2인용 스쿠터, 미용실에 들어가 머리를 짧게 자른 일, 길거리에서 먹은 젤라토의 맛, 그리고 함께 있던 조⋯⋯.

앤 공주는 말을 멈췄다. 그러고는 다시 말했다.

"로마입니다."

곳곳에서 신문 기자들이 웅성거렸지만, 앤 공주는 개의치 않고 말을 이었다.

"로마가 가장 좋았어요. 이곳에서의 소중한 추억을 평생 잊지 못할 거예요."

그 말은 질문에 대한 대답이라기보다, 신문 기자들 사이에 서 있는 조를 향한 듯했다.

"병상에만 누워 계셨는데도 말입니까?"

신문 기자의 질문에 앤 공주가 말했다.

"네, 그렇습니다."

🐱 8점!

😀 점수가 아까랑 똑같잖아!

🐱 10점 만점에 8점이야. 아까보다 잘 썼어.

😀 왠지 이제 소설을 쓸 수 있을 것 같은 기분이 들어.

🐱 소설을 쓰다 보면 세세한 사항들이 신경 쓰여서 중단될 때가 있어. 그럴 때 가장 좋은 해결 방법은 말이지.

😀 해결 방법은?

🐱 세세한 데 신경 쓰지 말고 어떻게든 끝까지 쓰는 게 중요해.

😀 …….

글을 쓰다가 완성하지 못한 채 내버려 두면 습관이 된다.

무슨 일이 있어도 끝까지 쓰는 습관을 기르자.

정 쓰지 못하겠다면 '이런저런 일이 있었지만 모두 행복하게 잘 살았습니다'라는 마법의 문장을 덧붙여서 끝내자.

제목은 미리 정하지 않아도 된다?!

글을 다 쓴 뒤에 제목을 생각해도 좋고, 읽은 사람이 제목을 붙여 줘도 좋다.

글의 첫머리와 어울리는 제목

> 나쓰메 소세키, 《나는 고양이로소이다》
> "나는 고양이다. 이름은 아직 없다."

주인공의 성격을 설명하는 제목

> 다니엘 포세트, 《칠판 앞에 나가기 싫어》

나 같은 아이가
주인공인가 보군.

내용과 제목이 어울리는지
마지막에 확인하는 게 좋아.

소설의 내용과 어울리는 제목

제롬 데이비드 샐린저, 《**호밀밭의 파수꾼**》

"내가 할 일은 아이들이 절벽으로 떨어질 것 같으면 재빨리
붙잡아 주는 거야.

──── (중략) ────

나는 그런 호밀밭의 파수꾼이 되고 싶어."

주인공의 이름을 넣은 제목

루이스 캐럴, 《**이상한 나라의 앨리스**》

루시 모드 몽고메리, 《**빨강 머리 앤**》

제목을 짓는 데
규칙은 없다.
자유롭게 붙여 보자.

229

소설에는 심리 묘사와

주인공은 어떤 기분일까?

심리 묘사가 있으면 독자는 주인공에게 더욱 공감할 수 있다.

> **학교 복도에서 선생님이 화를 낼 때**
>
> • 선생님의 호통 소리가 들려와서, 누가 어떤 이유로 야단맞고 있는지 궁금했다.
> • 교칙을 지키지 않다니 형편없는 녀석이다.
> • 수업 시작종이 울리기 전에 자리에 앉지 않는 건 교칙을 어기는 일이다.

학생들이 그린 포스터

선생님이 "거기, 학생!" 하고 호통 치는 소리

선생님이 한 학생을 발견하고 쫓아간다.

생활 지도 선생님이 교내를 순찰하고 있다.

맞은편에서 걸어오던 학생과 부딪힌다.

정경 묘사가 있다

주인공에게는 무엇이 보일까?

주인공이 된 기분으로 오감을 활용해 스케치해 보자.

> **주인공이 등교한 직후의 학교 복도**
> 보고 / 듣고 / 냄새 맡고 / 맛보고 / 피부로 느끼다

털어 낸
칠판지우개에서
나온 분필 가루

날린 분필 가루가
입안으로 들어갔다.

교과서가 든
무거운 가방이
어깨에 걸려 있다.

학생들의 웃음소리와
인사하는 소리

아침 운동을 마치고
돌아온 학생의 땀

다른 의견을 가진
사람을 내세우면
소설이 재미있어진다

꿈을 꾸고 있다.

내가 있는 곳은 학교 교실이다. 서른 개의 책상에 중학생들이 앉아 있다.

나도 그중 한 명이다.

칠판을 등지고 선 선생님이 우리를 둘러보며 묻는다.

"이 문제를 어떻게 생각하나?"

한 학생이 손을 든다.

"찬성입니다."

자세히 보니 그 학생은 바로 나다.

다른 학생이 손을 들었다.

"저도 찬성입니다."

학생들이 잇달아 손을 든다.

"찬성입니다." "저도 같습니다." "저도 찬성입니다." "저도……."

똑같은 의견들이 교실에 메아리친다.

"모두 찬성이군."

선생님이 회의를 마무리한다. 아니, 선생님이 아니다. 교탁에 있는 사람도 나였다.

"네!"

내가 던진 힘찬 대답 소리. 나는 땀투성이가 되어 눈을 떴다.

😺 오랜만에 무서운 꿈을 꿨어.

🐱 왜 그런 꿈을 꿨는지 알지. 네 원고 때문이야.

😺 원고? 그건 아닌 것 같은데……. 많은 일이 있었지만 지금은 순조롭게 쓰고 있거든.

🐱 바로 그거야. 순조롭게 쓰고 있으니까 무서운 꿈을 꾼 거지.

왜 순조롭게 글을 쓸 수 있는 걸까?
자신의 생각만으로 쓰고 있기 때문이다.
모든 등장인물이 작가와 똑같이 생각하고 말하면 글쓰기는 편하다.
하지만 독자는 매우 지루하다.

🐱 넌 지금 성실하게 교칙을 지키던 주인공이 교칙이 불합리하다는 것을 깨닫고 생각을 바꾸는 이야기를 쓰고 있어.

😺 맞아.

🐱 주인공 외의 다른 등장인물도 모두 교칙이 부당하다고 생각하지?

😺 그렇지.

🐱 모든 등장인물이 같은 생각을 한다면 독자는 누구에게 감정 이입을 하면 좋을지 모르게 돼. 그런 이야기가 재미있겠어?

😺 …….

🐱 너도 그 점을 느끼고 있는 거야. 그래서 그런 묘한 꿈까지 꾼 거지.

😺 하지만 불합리한 교칙이라면 지키지 않아도 되잖아. 다른 의견은 이상해.

🐱 정말 그럴까?

분명한 자기 의견을 갖는 것은 중요하다.

하지만 그것만으로는 소설을 쓸 수 없다.

다양한 사고와 가치관을 표현하지 않으면 이야기에 깊이가 느껴지지 않는다.

🐱 잠깐 멈추고 생각해 보자. 교칙은 왜 있는 걸까?

😺 학교에는 많은 학생이 모여 있잖아. 모두가 멋대로 행동하지 않도록 교칙을 정해 둔 거지.

🐱 멋대로 행동하면 안 되나?

😺 그러면 남에게 폐를 끼치는 사람이 생길 테고…….

🐱 그건 네 생각이야. 다른 사람은 어떻게 대답할까?

😺 …….

🐱 불합리한 교칙은 사회 문제가 되기도 하지. 그런데도 교칙은 학교에서 없어지지 않아. 왜 그럴까?

😺 없어지면 곤란한 사람이 있으니까?

🐱 누가 곤란한데?

😺 선생님이나…… 학생들의 보호자 아닐까?

🐱 학생 중에는 없을까?

😊 있을지도 모르지.

🐱 있다면 어떤 학생?

😊 스스로 생각하기보다는 다른 사람이 하라는 대로 행동하는 게 편하다고 생각하는 학생이 아닐까?

🐱 넌 지금 교칙을 지키는 것이 편하다고 생각하는 사람도 있을 가능성을 깨달았어.

😊 …….

🐱 조금 더 생각해 보면 다른 여러 가지 의견이 있다는 것을 알 수 있지. 그런 식으로 다양한 생각을 지닌 등장인물을 표현하면 이야기가 재미있어질 거야.

😊 하지만 나는 한 명인 걸. 혼자서 여러 명의 의견을 생각하기는 힘들어.

🐱 그렇지 않아.

신문을 읽어 보자. 하나만 읽지 말고 여러 신문을 읽고 비교하는 것이 좋다. 같은 사건도 A신문과 B신문이 바라보는 시각이 다르다. 신문에는 각각의 신문사가 지니고 있는 신념과 주장이 숨어 있다.

어느 쪽이 옳은지 시시비비를 가리는 것은 중요하지 않다. 같은 사건을 어떤 시점으로 보는지 스스로 발견해야 한다.

또한 어느 신문이든 독자 투고란이 있다. 거기에 실린 글을 읽으면 다양한 의견을 접할 수 있다. 많은 사람의 의견을 읽으면 세계관이 넓어지고, 다양한 등장인물을 만들어 낼 수 있다.

😺 여러 의견을 접하는 일이 중요하다는 걸 이해하겠어?

😀 응. 교칙에 관한 친구들의 의견도 들어 봐야겠어. 어른들이 어떻게 생각하는지도.

😺 자신의 가치관을 항상 의심해 봐야 해. 그러고 보니 넌 다이어트 어쩌고 하면서 내 식사량을 반이나 줄였는데 그건 과연 옳은 일일까?

😀 당연하지. 100명에게 물으면 100명 다 옳다고 할걸.

친구나 가족의 의견을 참고해서
등장인물들의 의견을 생각해 보자.

신문, 텔레비전, 인터넷 등을 통해 다양한 의견을 조사해 보자.
가족과 친구 등 주변 사람들에게 의견을 물어봐도 좋다.

등장인물들을 취재하자

소설에 나오는 등장인물들은 다양한 의견을 지녀야 한다.
등장인물들의 의견을 한 사람씩 생각해 보자.

김민규
규칙은 반드시 지켜야 해!

박소현
교복 치마 길이를 줄이기도 하고, 하굣길에는 친구랑 군것질도 하느라 원래 교칙을 철저히 지키지 않아. 교칙이 있는 건 어쩔 수 없지만 적당히 지키면 돼.

표일환

왜 지켜야 하는지 이유를 설명하지 못하는 교칙은 필요 없어.

생활 지도 교사

교칙을 지키지 않으면 불량해지거든!

학생회장

지키면 편하니까 교칙이 있는 게 좋아.

다람이의 소설에 나오는 등장인물들이 교칙을 어떻게 생각하는지 한 사람씩 떠올려 보자.

다른 의견을 가진 등장인물끼리 대화를 하면 어떻게 될까?

두 사람은 어떤 이야기를 나눌까?
대화를 나누면 사이가 좋아질까, 싸움이 벌어질까?

민규와 소현이 대화를 한다면……

민규는 소현이 교칙을 지키지 않는다며 주의를 준다.
워낙 친한 사이라 강한 어조로 거침없이 지적해 싸움으로 번질 수도 있다.

인물의 성격에 따라 행동과 말이 달라진다.

글을 다 쓰면
반드시 누군가에게
보여 준다

스노볼은 독서가다. 고양이가 글을 얼마나 이해하는지는 모르 겠지만 책을 자주 읽는다(책을 읽지 않을 때는 낮잠을 자거나 사료 를 먹거나 뒹굴뒹굴한다).

오늘은 읽고 있던 책에서 얼굴을 들더니 이렇게 물었다.

"사람이 아무도 없는 숲속에서 나무가 쓰러졌어. 쓰러지는 소 리가 났을까?"

"뭐?"

스노볼이 의아해하는 나에게 설명했다.

"유명한 철학 이야기야. 대답은 '소리가 나지 않는다'야."

"왜?"

"쓰러진 소리를 인식하는 사람이 없기 때문이지. 어떤 일이 일 어나도 그것을 지각하는 인간이 없으면, 그 일은 존재하지 않는 것과 마찬가지라는 거야."

"으음."

나는 아무래도 상관없다는 듯이 대답했다. 스노볼이 씩 웃으 며 말했다.

"하지만 나는 '소리는 난다'고 생각해. 사람이 없어도 고양이 인 내가 나무 쓰러지는 소리를 들었으니까."

그러더니 내게 앞발을 내밀었다.

"그럼 이제 다 쓴 원고를 좀 볼까?"

😺 뭐가 '그럼'인지 잘 모르겠지만…….

🐱 원고를 다 썼다는 거 알아. 다 쓴 원고를 아무에게도 보여 주지 않으면 쓰지 않은 것과 마찬가지야. 그러니까 보여 줘.

😺 하지만…… 부끄러운데.

🐱 부끄러워할 때가 아니라고. 다 쓴 원고는 될 수 있는 한 많은 사람이 읽는 게 좋아.

원고를 읽어 달라고 누구에게 부탁할까?
원고에 대한 느낌을 솔직하게 말해 줄 수 있는 사람이 좋다.
칭찬만 듣기보다는 냉정한 의견을 들어야 앞으로 도움이 된다.
될 수 있는 한 많은 사람에게 의견을 듣고, 그중에서 도움이 될 만한 의견을 선택한다.

😺 너 말고 내 글을 읽어 줄 사람이라면, 우선 선우일 거야.

🐱 느낌을 솔직하게 말해 줄까?

😺 그 점은 걱정 안 해도 돼. 친구라고 무조건 칭찬하는 성격은 아니니까. 그보다 읽어 줄지가 걱정이네.

🐱 원고를 쓸 때 교칙에 관해서 많은 사람을 인터뷰했잖아? 그 사람들에게 '덕분에 무사히 원고를 완성했어요. 괜찮으시면 읽어 봐 주시겠어요?' 하고 부탁해 봐.

😺 응, 알겠어.

🐱 다양한 사람의 의견을 듣고 원고를 수정한 뒤에 공모전에

내는 거야.

😀 공모전?

많은 공모전에서 다양한 작품을 모집하고 있다.
수정한 원고를 공모전에 보내 작품 수준을 확인하자.

😺 공모전에 보내기는 너무 일러.

🐱 몇 살이 되면 보낼 건데?

😀 …….

🐱 공모전에 보내는 데 나이는 아무 상관없어. 애써서 완성한 작품이잖아. 공모전에서 어떤 평가를 받을지 알고 싶지 않아?

😀 …….

🐱 나이가 신경 쓰이면 중학생을 대상으로 하는 공모전에 보내는 게 좋겠어.

😀 왜?

🐱 화제성으로 수상자를 뽑는 경우도 있거든. 너 같은 중학생이 어느 정도 수준 있는 글을 보내면 '천재 중학생 작가!' 같은 칭찬을 하며 상을 주기도 해.

😀 어쨌거나 상을 받으면 좋은 거 아냐?

🐱 나는 그렇게 생각하지 않아. 네가 수상만을 목표로 한다면 상관없지만, 화제성은 일시적인 거야. 소설을 오래 쓰고 싶다면 제대로 된 공모전에 내서 평가받아야지.

공모전에 응모하면 자신의 작품을 평가받을 수 있다.

하지만 그 전에…….

어떤 상에 도전할지는 자신이 결정할 수 있다. 신용할 수 없는 공모전에 응모하는 것은 좋지 않다. 공모전에 대해 자세히 알아보고 판단해야 한다.

작품을 응모하는 건 그다음 일이다.

😺 응모할 때 주의할 점은?

🐱 딱 하나지! 응모 요령을 철저히 읽는 거야.

공모전마다 여러 가지 주의 사항이 있다. 이를 꼼꼼히 읽고 반드시 지켜야 한다.

컴퓨터로 작성한 원고와 손으로 쓴 원고를 모두 받는다면, 컴퓨터로 작성한 원고를 보내자. 그래야 심사 위원들이 읽기 쉽고, 쓴 사람도 수정하기 쉽다.

🐱 예전 집사였던 동화 작가는 응모 원고에 자신이 그린 삽화를 넣기도 했어.

😺 그래도 돼?

🐱 그 남자는 당시에 초등학교 선생님이었거든. 아이들에게 동화를 인쇄해서 건넬 때 삽화가 없으면 읽지 않는다는 걸 알았던 거야. 그래서 원고에 삽화를 그려 넣는 습관이 생겼다지. 공모전

에서 상을 자주 받곤 했어.

😊 느긋한 사람이었나 봐.

🐱 그 사람 말고 응모 원고에 삽화를 넣은 사람은 지금까지 아무 없었대.

작품을 응모할 때는 반드시 원고를 여러 번 읽고 수정해야 한다(삽화를 그리는 일은 중요하지 않다).

원고를 얼마나 열심히 썼는지를 강조할 필요는 없다. 말하고 싶은 것은 모두 원고에 쏟아부어 글의 수준으로 승부해야 한다.

'이건 꼭 당선될 거야!'라고 생각되는 원고를 보내자(떨어지면 '원고가 아니라 심사 위원이 잘못한 거야'라고 생각하자).

글을 읽어 달라고 부탁하기 전에 해야 할 일

글을 완성한 뒤에도 할 일이 많다!

글을 완성했다면 다시 읽어 보자

다시 읽어 보며 수정하면 소설은 더욱 좋아진다.
이런 부분을 확인하자.

- 맞춤법이 틀렸거나 빠진 글자는 없는가?
- 묘사나 설명이 부족한 부분은 없는가?
- 더 좋은 표현이 떠오를 것 같은 문장은 없는가?
- 의미를 이해하기 어려운 문장은 없는가?

공모전 정보는 어디에서 찾을까?

완성한 소설을 응모할 곳은 많다.

출판사에 직접 투고

출판사 홈페이지에는 보통 투고 방법에 대한 설명이 있다. 완성한 원고를 우편이나 이메일로 보내면 담당자가 연락을 준다.

신문사나 출판사가 주최하는 공모전에 응모

완성한 소설의 분야에 따라 공모전을 선택하자. 순수 문학이라면 순수 문학 공모전에, 웹 소설이라면 웹 소설 공모전에 도전하면 된다.

ENDING
문장력은 스노볼처럼 굴러간다

　두 다리가 긴장으로 덜덜 떨린다. 설마 이런 큰 무대에서 상을 받는 날이 올 줄이야!

　눈부신 조명이 무대를 비춘다. 온 세상의 소리가 사라지고, 심장 뛰는 소리만 또렷하게 들려온다.

　꿈을 꾸고 있는 듯하다.

　"고다람!"

　이름을 듣고 상장을 받기 위해 앞으로 나갔다. 같은 쪽 팔과 다리를 동시에 들지 않도록 조심하면서 천천히 걸었다.

　'침착해! 당당한 태도로 상장을 받는 거야.'

　가슴을 쫙 펴고 상장을 읽는 목소리를 들었다.

"고다람. 교내 독서 감상문 대회, 금상. 위와 같음."

나는 두 손을 내밀어 상장을 받았다. 교장 선생님이 말했다.

"축하하네."

교장 선생님의 웃음이 스노볼 웃음과 비슷해 보였다.

교실로 돌아온 나는 친구에게 축하를 받았다. 그래 봐야 선우뿐이었지만.

"대단해. 난 글을 써서 상을 받아 본 적은 한 번도 없는데."

"나도 처음이야."

그림이나 다른 걸로도 상을 받아 본 적이 없다. 나는 우쭐해하는 말투로 들리지 않도록 조심하며 말했다.

"지난 1년 동안 문장력을 기르려고 연습했어."

선우가 쑥스러운 얼굴로 말했다.

"축하하는 뜻에서 수업 끝나고 햄버거를 사려고 했는데, 볼일이 생겨서 말이지."

"정아랑 약속이 있는 거야?"

선우가 머리를 긁적였다.

"우리가 친해진 것도 네가 '연애편지는 직접 써!'라고 조언해 준 덕분이야."

사실은 내가 아니라 스노볼의 조언이었는데.

집에 돌아와 엄마에게 상장을 보여 드렸다. 무척 기뻐하셨다.

249

엄마는 시골에 사는 이모에게 전화를 걸어 자랑하느라 정신이
없었다.

"이모도 기뻐하셔. 축하 선물로 도서 상품권을 보내겠대! 받
으면 꼭 감사 편지를 보내라."

귀찮다는 생각이 들었지만 알았다고 대답했다.

방문 앞에서 심호흡을 한 번 했다. 지금부터 가장 기뻐해 주길
바라는 상대에게 상장을 보여줄 생각이다. 나는 씩씩하게 방문
을 열어젖히고 소리쳤다.

"이것 봐, 스노볼! 독서 감상문으로 금상을 받았어!"

상장을 양손에 들고 방 안을 둘러보았다.

"대단하지? 조회 시간에 전교생 앞에서 상장을 받았다니까!"

내 목소리만 방 안에 울려 퍼졌다.

"……스노볼?"

평소 같으면 낮잠을 자고 있을 스노볼이 없다.

"스노볼?"

책상 밑, 옷장 속, 침대 밑 등 스노볼이 있을 만
한 곳을 다 찾아보았지만 없다.

거실에서 텔레비전을 보나 싶었지만 거기
에도 없다.

부엌에서 몰래 음식을 꺼내 먹나 가 보았지
만 역시나 없다.

집 안을 온통 다 찾아봐도 없다.

"스노볼?"

집 근처를 찾아봐도 없다.

처음 스노볼을 만났던 길에 가 보았다. 커다란 은행나무 아래에 스노볼이 있었다.

"뭐야, 여기 있었어?"

그제야 마음을 놓으며 다가갔다. 하지만 그건 스노볼이 아니라 낡은 걸레 뭉치였다. 나는 걸레를 주워서 쓰레기통에 버렸다.

나뭇잎이 바람에 사락사락 소리를 냈다.

"빨리 나오면 츄르냐옹 줄게. 안 나오면 내가 먹어 버린다!"

애써 밝은 목소리로 말했지만, 안 좋은 예감이 마음속에서 풍선처럼 부풀어 올랐다.

방으로 돌아왔다.

상장을 책상 위에 올려놓고 바닥에 주저앉았다. 여느 때 같았으면 스노볼이 낮잠을 자고 있거나 뒹굴뒹굴하며 훼방을 놓았을 텐데 지금은 쉽게 앉을 수 있었다.

오늘따라 유난히 넓어 보이는 방 안에서 중얼거렸다.

"……스노볼이 없어."

"없긴 누가 없어."

스노볼의 목소리가 들렸다.

밖을 내다보자 스노볼이 유리창을 뽀드득 긁고 있다.

"스노볼!"

창문을 열자, 스노볼이 느긋하게 넘어 들어왔다.

"어디 있었어? 걱정했잖아!"

화를 내는 내게 스노볼은 태평하게 대답했다.

"학교 근처를 산책하는데 학생들이 '다람이가 독서 감상문으로 금상을 탔다'라고 떠들지 뭐야. 믿을 수 없어서 학교에서 한참 동안 알아봤지. 그랬더니 헛소문이 아니라 정말이더라. 그래서 서둘러 돌아온 거야."

스노볼이 책상 위에 놓인 상장을 바라봤다. 그러더니 히쭉 웃었다.

"애썼어."

나는 스노볼을 힘껏 끌어안았다.

"있잖아, 스노볼. 내 글쓰기 실력이 좋아지면 다른 집사한테가 버릴 거야?"

"지금까지는 그래 왔는데……."

스노볼이 머리를 긁적였다.

"우선 네 문장력을 더욱 단련해야 해. 내가 다른 곳으로 가는 건 먼 훗날 일이야."

그 대답에 나는 마음을 놓았다.

스노볼은 오늘도 우리 집에 있다.

맺음말

안녕하세요.
예전에 스노볼의 집사였던
하야미네 가오루입니다.
이 책은 작가로 일하면서
처음 쓰는 실용서입니다.

이 책에는 다음과 같은 내용을 담았습니다.
• 제가 어릴 때부터 해 온 일
• 초등학교 선생님 시절에 아이들에게 가르친 내용
• 작가가 된 지금도 하고 있는 일과 명심하고 있는 일

책이 너무 두꺼워질까 봐 미처 쓰지 못한 내용도 있지만, 이 책을 읽으면 글쓰기 실력이 확실히 좋아질 겁니다. 저와 스노볼이 약속할게요.

저는 '어린이 추리 소설 작가'라는 이름으로 저를 소개하고 있습니다. 다시 말해, 전문으로 쓰는 분야는 추리 소설이에요.

이 책에서도 트릭을 설정하는 법이나 독자를 속이는 법 등 추리 소설을 쓰는 법까지도 설명할까 생각했지만, 그러려면 많은 지면이 필요합니다. 추리 소설을 쓰는 법은 다음 기회로 남겨 둘게요.

하나 덧붙이자면, 이 책에 나오는 《추리 소설 요리법》은 제가 중학생 때 쓴 추리 소설의 제목입니다.

이제 마지막으로 감사의 말씀을 드리려고 해요.

아스카신샤 출판사의 미야자키 씨. 즐거운 작업을 하게 해 주셔서 감사합니다. 제가 살고 있는 산에 놀러 오세요. 산해진미를 준비해 놓겠습니다.

일러스트를 그려 주신 나카지마 아야노 씨. 귀여운 일러스트를 그려 주셔서 정말 고맙습니다.

아내와 두 아들, 다쿠토와 아야토에게. 초등학교 선생님인 다쿠토는 아이들에게 글쓰기를 가르칠 때 이 책을 활용하고 있나요? 대학생인 아야토는 리포트를 쓸 때 이 책을 꼭 참고해 주세요. 그리고 매일 차를 준비해 주는 아내에게 감사합니다.

기쁜 마음으로 일을 마치려는데 스노볼이 평소 같은 분위기로 말을 걸어오네요.

🐱 세월이 아무리 흘러도 가오루의 글솜씨는 좋아지지 않는군.

😿 잠깐! 내 글솜씨가 좋아져서 집을 나간 거 아니었어?

🐈‍⬛ 그건 엄청난 착각이야. 내가 집을 나간 건 식사도 변변찮고, 집에 외풍이 있어 추운 데다, 책이 너무 많아 잠잘 공간이 없었기 때문이라고. 그것 말고도 여러 가지 이유가 있지. 하지만 가장 큰 이유는 가오루의 글솜씨가 늘지 않아 더 이상 희망이 보이지 않았기 때문이야.

😿 …….

🐈‍⬛ 자네를 위해서 하는 말인데, 이 책을 읽고 다시 훈련을 하는 게 좋겠어.

저도 열심히 훈련할 테니 여러분도 즐겁게 글을 쓰세요.
그럼 다음에는 제가 쓴 소설로 다시 만납시다.
그때까지 건강히. 안녕!

Good Night, and Have a Nice Dream.

다람이와 스노볼의
템플릿으로 소설을 써 보자!

자신을 주인공으로 하여 교실을 무대로 짧은 SF 소설을 써 보자.

소설의 핵심을 생각한다

😊 SF 소설은 어떻게 쓰면 돼?

🐱 추리 소설은 사건과 수수께끼, 트릭을 생각하면 돼. 역사 소설은 어느 시대의 사건과 인물을 다룰지 결정해야 하지. 마찬가지로 SF 소설을 쓸 때는 '만약 어떠한 일이 일어나면 어떻게 될까?'를 생각해야 해. 이것이 소설의 핵심이야.

충분히 상상하고 메모하자 ✏️

예) 만약 교실에 운석이 떨어진다면? 만약 반 친구가 좀비라면?
　　만약 수업을 마치는 종소리가 울리지 않아 수업이 언제까지나 계속된다면?
　　만약 교실이 엄청나게 넓고, 그곳에 몇만 명의 학생이 모여 있다면? 등등

이 중에서 상상력을 마음껏 펼칠 수 있는 소재를 찾아 글을 써 보자.

😊 '만약 교실에서 나갈 수 없게 된다면 어떻게 될까?'를 소재로 써 볼래.

기 - 상황 설명

🐱 그럼 기승전결의 '기' 부분을 써 보자. 먼저 네가 상상한 상황을 쓰면 돼.

😊 주인공이 교실에서 나갈 수 없게 된 상황을 쓰면 되지?

🐱 맞아.

승 - 주인공의 생각과 행동

🐱 그다음 '승'에서는 주인공의 생각과 행동을 쓰면 돼. 준비 단계에서 설정한, 주인공의 성격과 특기 같은 걸 떠올리며 쓰는 거야.

😊 내가 생각한 주인공은 겁이 없는 성격이라 교실에서 몇 번이나 나가려고 애쓸 거야.

🐱 정경 묘사나 심리 묘사도 잊으면 안 돼. 이런 묘사가 제대로 되어 있지 않으면 소설답지 않으니까.

😺 주인공의 감정이나 보이는 정경을 언어로 스케치하는 거지? 1인칭 시점이라 생각이나 마음을 쓰기 쉬워. 교실 정경도 항상 보는 거니까 쓸 수 있을 것 같아.

주인공의 감정과 눈에 보이는 정경을 메모하자

메모를 토대로 문장을 만들고 필요한 장면에 넣자.

전 – 해결을 향해서

🐱 생각을 가장 많이 해야 하는 부분이야. 지금의 상황을 어떻게든 해결해야 하지. 클라이맥스가 되는 부분이지.

😺 쉽게 말하지 마. 주인공이 교실에서 나가지 못해 어려움에 빠졌다고. 쓰고 있는 나도 어려움에 빠졌거든?

🐱 문제를 해결하는 비법은 왜 이런 상황이 되었는지 생각하는 거야.

😺 무슨 뜻이야?

🐱 예를 들면, 교실에 좀비가 가득 있다면 왜 좀비가 나타났는지 생각하는 거지. 교실에서 나갈 수 없다면 왜 나갈 수 없게 되었는지 생각하면 돼. 그리고 그 이유를 다양한 논리로 해결하는 거야.

😺 ……

🐱 가장 애써야 하는 부분이지.

결 – 해결하고 마무리

🐱 교실에서 나갈 수 없었던 이유를 아주 잘 생각했어.

😺 졸업식 전날로 설정하면 어떻게든 될 것 같았거든.

🐱 '결' 부분에서는 상황을 통해 주인공의 감정이 어떻게 변했는지, 또는 앞으로의 일을 쓰는 게 좋아.

마지막으로,
소설을 쓰면 쓸수록 글솜씨가 좋아집니다.
재미있는 소설을 썼다면 '스노볼 문학상'에
응모해 봅시다!

* 그런 상은 실제로 없어요.

소설 쓸 준비를 하자

쓰고 싶은 소설을 생각해 보자.

장르

☐ 장르 ☐ SF ☐ 호러 ☐ 로맨스 ☐ 코미디
☐ 청춘물 ☐ 스포츠 ☐ 판타지 ☐ 추리 ☐ 동화 ☐ 역사

이 중에서 상상력을 마음껏 펼칠 수 있는 소재를 찾아 글을 써 보자.

배경

☐ 우리나라 (☐ 학교나 집 ☐ 회사 ☐ 유원지 ☐ 자연 ☐ 기타[   ])
☐ 외국 ☐ 다른 세계

배경이 되는 곳의 지도를 그리면 이미지가 선명해진다.

등장인물

주인공 가능하면 상세하게 쓰자

이름		좋아하는 음식		성격	
성별		싫어하는 음식			
나이		싫어하는 것		습관	
가족 구성		좋아하는 색			
키		두뇌		기타	
몸무게		운동 신경			
머리 길이		취미			
체형		특기			

주변 인물 중요한 등장인물 수만큼 설정한다

이름		좋아하는 음식		성격	
성별		싫어하는 음식			
나이		싫어하는 것		습관	
가족 구성		좋아하는 색			
키		두뇌		기타	
몸무게		운동 신경			
머리 길이		취미			
체형		특기			

시점 ☐ 1인칭 ☐ 2인칭 ☐ 3인칭

장르

1인칭 시점에 교실을 배경으로 해서
SF 소설을 써 보자

장르

☐ 액션　☑ SF　☐ 호러　☐ 로맨스　☐ 코미디
☐ 청춘물　☐ 스포츠　☐ 판타지　☐ 추리　☐ 동화　☐ 역사

장르에 얽매이지 말자! 여러 개의 장르를 조합하는 것도 재미있다.

배경

☑ 우리나라 (☑ 학교나 집　☐ 회사　☐ 유원지 등　☐ 자연　☑ 기타[교실])
☐ 외국　☐ 다른 세계

이중에서 상상력을 마음껏 펼칠 수 있는 소재를 찾아 글을 써 보자.

등장인물

주인공　가능하면 상세하게 쓰자

이름	나	좋아하는 음식	카레	성격	겁이 없음
성별	남자	싫어하는 음식	청국장		
나이	16세(중3)	싫어하는 것	숙제	습관	아침마다 달리기
가족 구성	아빠, 엄마, 고양이	좋아하는 색	빨강		
키	164cm	두뇌	보통	기타	
몸무게	53kg	운동 신경	좋음	야구부 소속. 남자 친구는 많지만 여학생에게는 인기가 없다. 가장 큰 고민은 여드름이 많다는 것.	
머리 길이	짧음	취미	고양이와 놀기		
체형	마른 편	특기	축구공 리프팅		

시점　☑ 1인칭　☐ 2인칭　☐ 3인칭

〈졸업 축하해〉

고다람

기

어라?
교실 문을 열고 복도로 나온 나는 당황했다.
'왜 교실로 되돌아왔지? 분명히 문을 열고 복도로 나왔는데?'

정경·심리 묘사

둘러보니 분명히 교실이다. 복도가 아니다.
창밖에서는 주황빛 석양이 산 너머로 넘어가려고 하고 있다.
수업이 끝나고 친구들은 모두 집에 돌아가고 교실에는 나 혼자뿐이다.
나도 집에 가려고 교실 문을 열었는데…….

승

나는 심호흡을 하고 문에 손을 댔다.
'교실로 되돌아왔다고 생각한 것은 기분 탓이야. 내일 졸업식 준비로 피곤해서 착각했을 거야.'
속으로 이렇게 되뇌며 문을 열었다.
눈앞에 보이는 곳은 복도. 아, 틀림없다.
나는 발을 앞으로 내디뎠다.
교실에서 나온 순간, 무언가가 홱 뒤집히는 듯한 느낌이 들었다.
나는 다시 교실 안에 있었다.
몇 번 더 시도했지만 헛수고였다. 교실에서 복도로 나왔다고 생각한 바로 그 순간, 다시 교실로 되돌아오기를 반복하고 있다.
창문을 열고 도움을 청하려 했지만 창문이 열리지 않았다. 교정을 바라봐도 아무도 없다.
대체 어찌된 일일까?

전

나는 책상에 앉아 왜 교실에서 나갈 수 없는지 골똘히 생각했다.

창밖을 보자 석양은 여전히 산 너머로 넘어가려고 하고 있다. 마치 시간이 멈추기라도 한 듯이.

'시간이 멈춰 버린 걸까?'

나는 교실에 걸려 있는 시계를 바라보았다.

초침이 움직이지 않는다. 분명 시간이 멈춘 것 같다.

전

뭔가 실마리를 찾으려고 교실을 둘러보았다.

게시물을 모두 뗀 교실은 유난히 넓어 보였다. 사물함도 텅 비었다. 짐은 이미 집으로 다 가져갔다.

'이곳에서 1년 동안 많은 일이 있었지.'

그렇게 생각하자 교실이 왠지 사랑스러워 보였다.

'청소 시간에 둥글게 뭉친 걸레랑 대걸레 막대기로 야구를 하기도 했는데.'

나는 아련하게 기억을 떠올렸다.

'그때 날아간 걸레가 청소 도구함 위로 넘어가서 주우려 했지만, 선생님이 들어오시는 바람에 줍지 못했어.'

나는 청소 도구함 앞으로 책상을 옮겼다. 책상 위에 올라가 청소 도구함 위를 보자 걸레 뭉치가 보였다.

그때……

다시 뭔가 홱 뒤집히는 느낌이 들었다.

시계를 보자 초침이 똑딱똑딱 움직이고 있다.

결

교내 방송이 들려왔다.

"하교 시간입니다. 교실에 있는 학생은 서둘러 돌아가 주세요."

방송을 들으며 교실 문을 열었다.

"……."

발을 내디딘 곳은 복도다. 교실이 아니다. 드디어 나왔다!

뒤를 돌아 교실 안을 보았다.

그리고 아무도 없는 교실을 향해 머리를 숙여 깍듯이 인사했다.

지은이 **하야미네 가오루**

일본 미에현 출신으로 초등학생과 중학생에게 절대적인 인기를 자랑하는 동화 작가다. 초등학교 교사로서 반 아이들이 푹 빠져 읽을 수 있는 책을 찾다가 직접 글을 쓰기 시작했다. 저서로 누계 판매 360만 부를 기록한 《괴짜 탐정의 사건 노트》 시리즈와 150만 부가 판매된 《도시의 톰&소여》 시리즈 등 다수가 있다.

옮긴이 **김윤경**

일본어 전문 번역가. 일본계 기업에서 통번역을 담당하다가 전문 번역가의 길로 방향을 돌려 새로운 지도를 그려 나가고 있다. 현재 출판 번역 에이전시 글로하나를 꾸려 외서 기획 및 언어별 번역 중개 업무도 함께하고 있다. 옮긴 책으로는 《철학은 어떻게 삶의 무기가 되는가》《63일 침대맡 미술관》 등 다수가 있다.

문장 교실 글쓰기는 귀찮지만 잘 쓰고 싶어

펴낸날 초판 1쇄 2021년 2월 25일
　　　　초판 5쇄 2021년 12월 25일
지은이 하야미네 가오루
옮긴이 김윤경
펴낸이 이주애, 홍영완
편집 장종철, 최혜리, 오경은, 박효주, 양혜영, 백은영, 문주영, 김애리
디자인 김주연, 박아형, 기조숙
마케팅 김소연, 김태윤, 박진희
경영지원 박소현
도움교정 김하연
펴낸곳 (주)윌북 **출판등록** 제2006-000017호 **주소** 10881 경기도 파주시 회동길 337-20
전자우편 willbooks@naver.com **전화** 031-955-3777 **팩스** 031-955-3778
블로그 blog.naver.com/willbooks **포스트** post.naver.com/willbooks
페이스북 @willbooks **트위터** @onwillbooks **인스타그램** @willbooks_pub
ISBN 979-11-5581-344-7 (43800)